SACRÉS TONTONS

CHRISTIAN DELVAL

SACRÉS TONTONS

roman

LES GRANDS ORMES
La Doye – 39400 Morez

DU MÊME AUTEUR

Quand les hommes vont boire au fleuve

La vieille trompe

Le renard du printemps

Le châtiment du Val-de-Croz

Légendes oubliées de nos montagnes

Le disparu de Terre-Blanche

Sur le sentier des légendes

Les seigneurs de la combe perdue

Le petit pèlerin du clair de lune

Histoires montagnardes

HORS SÉRIE

Splendeurs et Mystères de notre Haut-Jura

ISBN : 2-951-7707-0-7

CHAPITRE 1

A la Saint-Denis, la bécasse est au pays.

C'est un dicton que les gens de chasse connaissent bien. Les anciens, surtout.

Comme le Barnabé.

Il n'en parle jamais, de ce dicton, le Barnabé. Mais tous les ans, à partir de la mi-octobre, lorsque les forêts du Haut-Jura flamboient dans l'incandescence automnale des foyards, il sort discrètement chaque soir de sa maison, au coucher du soleil, le fusil sous sa veste.

Il jette un coup d'œil vérificateur sur les environs. Sa maison a beau être isolée, une indiscrétion est toujours possible.

Puis il traverse d'un pas tranquille les deux hectomètres de champ plat qui le mènent au pied d'un coteau pierreux et arboré. En lisière du pré, il s'engage sur un étroit sentier qui grimpe en se faufilant entre des blocs rocheux et les troncs tourmentés des arbres qui y poussent comme ils peuvent. Pour avoir eu maintes fois l'occasion d'en couper, à la hache, à la scie ou à la tronçonneuse, le vieil homme sait que le bois de ces arbres est aussi dur que les cailloux parmi lesquels ils poussent.

Là-haut, sur le coteau, juste sous la ligne de crête, le Barnabé a son poste.

Un fameux poste.

Avec le confort, s'il vous plaît, puisque le Barnabé y a aménagé un siège d'une remarquable qualité.

La pierre plate qui en constitue l'élément essentiel, est naturellement incurvée en forme d'assiette dont le galbe correspond parfaitement au postérieur du vieux chasseur. Elle est posée bien d'aplomb sur trois autres cailloux, contre le tronc d'un gros frêne dont la courbure agréable offre un dossier digne d'un fauteuil Voltaire.

Elle est tellement belle, cette lauze, que le Barnabé vit dans la hantise de ne pas la retrouver, un de ces jours. Volée, qu'elle risque d'être !… Par un de ces margoulins sans scrupule qui s'approprient le bien qui ne leur appartient pas, sous prétexte qu'il est à tout le monde.

Aussi, pour ne pas attirer l'attention des rares mais déjà trop nombreux passants, le Barnabé prend soin, après chaque affût, de recouvrir son siège de chasse avec quelques branchages.

Lorsqu'il parvient à son poste, pas vraiment essoufflé par la pourtant rude grimpette, il soupire de soulagement, à travers ses moustaches grises, en constatant que son petit tas de végétaux est bien en place. Il pose son fusil debout contre le tronc du frêne, les canons calés dans une crevasse de l'écorce qu'on dirait faite exprès pour ça. Puis il débarrasse la pierre de son camouflage végétal, et le dépose à côté comme un coussin qu'on ôte à un canapé avant de s'y installer.

Il s'assoit en soupirant d'aise.

D'où il est, il domine toute la combe de Pierroche, au creux de laquelle est nichée sa maison. Le paysage est vraiment magnifique.

Le vieux est installé comme à un balcon.

Mais il sait bien que les oiseaux attendus ne viendront pas de là. Il sait aussi qu'il est encore un peu trop tôt, et que le vrai bon moment va commencer dans quelques minutes.

Il sera alors temps de surveiller le col.

De son poste d'observation, le Barnabé peut non seulement voir tout ce qui se passe dans la combe, mais il contrôle aussi le « passage ». Un passage qui n'est rien d'autre que cette courbe creuse à peine marquée sur la ligne de crête, et que les bécasses empruntent, les soirs de migration, depuis la nuit des temps.

La position du vieux est donc idéale pour tirer les bécasses à la sortie de ce passage qu'elles franchissent presque en rase motte.

Il fouille dans la poche de son antique veste sans couleur pour en extraire une pipe et une blague à tabac de la même patine que son vêtement. Puis il bourre sa pipe de bruyère, peut-être aussi vieille que lui. Ses doigts noueux, aux ongles noirs, sont si précis qu'il ne regarde même pas ce qu'il fait.

Son regard se perd rêveusement dans la contemplation de ce grandiose décor d'automne, où les feux du couchant incendient le ciel, comme pour y prolonger les flamboiements de la forêt, éteints par la venue du soir.

Il songe que lui-même, il est au soir de sa vie, le Barnabé.

D'ailleurs, c'est pour cela qu'il se permet de chasser à la passe.

Bien sûr qu'il sait que c'est interdit, la chasse à la passe. Mais s'il veut chasser la bécasse, ou tout au moins en tirer quelques-unes, il n'a pas le choix. A septante cinq ans, on a passé l'âge de crapahuter par marais et broussailles, au cul d'un épagneul ou d'un setter.

Et puis, si le garde le pince, il ne risque plus, à son âge, de vivre assez longtemps pour purger trente ans de taule.

Le Barnabé craque une allumette et boute le feu au fourneau de sa pipe. La brise est nulle. La première tentative est la bonne. Le tabac prend. Le vieux tire coup sur coup cinq ou six petites bouffées de fumée bleue et odorante qui se dissipe doucement autour de sa tête chenue. Il ferme ses paupières fripées, pour mieux savourer cet instant de bonheur, comme chaque fois qu'il allume sa vieille compagne.

Et comme à chaque fois, il a une pensée ironique à l'adresse de tous ces chasseurs qui l'engueuleraient de première… Fumer au poste !

Quelle injure pour les mânes de Nemrod, et à toutes les sacro-saintes règles de la chasse !…

Le vieux s'en contrefiche.

D'ailleurs, lorsque la bécasse qui va passer tout à l'heure sentira la fumée, si elle la sent, elle aura déjà senti les plombs de la cartouche qui lui est destinée. Une bécasse, ce n'est quand même pas comme un sanglier ou un chevreuil, sur le nez desquels le vieux n'a plus rien à apprendre.

Le Barnabé soupire d'aise.

Une bonne pipe. Un bon poste. Un beau temps.

L'affût s'annonce plutôt bien.

Ce soir, le vieil homme, avant même de savoir s'il va ou non faire chasse, profite intensément du bien-être de se sentir bon pied bon œil, et plein d'une vigueur qui, il le sait, fait défaut à nombre de plus jeunes que lui.

Il faut dire aussi que le physique du Barnabé est pour le moins contrasté.

Son visage est marqué comme l'écorce d'un vieux tilleul. Des rides profondes comme des coups de fessou parcourent la peau de sa figure en méandres qui se rejoignent en se serrant au coin des yeux, de la bouche et même des oreilles. Ses longues moustaches grises poussent là au milieu comme une touffe de lichen effilochée, s'enracinant sous un nez semblable à un vieux nœud de bois proéminent.

Les oreilles sont plutôt grandes. Les yeux plutôt petits... Et leur brillance, au milieu de ces innombrables rides, donnent au visage une expression éléphantine de méditation, de solidité et de sagesse.

Derrière cette peau, ces oreilles et ces yeux d'éléphant, ne peut se trouver qu'un cerveau d'éléphant... Un éléphant à moustache, et manchot d'une défense. Car la vieille pipe de bruyère, plantée au coin de la moustache, n'est pas sans évoquer un unique moignon-chicot d'ivoire carié.

Les cheveux gris qui s'échappent en mèches drues, sous le vieux chapeau de velours fatigué, donnent au portrait une touche plutôt merlinesque.

Le reste du corps tranche avec cette singulière physionomie. En effet, non seulement le Barnabé est resté très svelte, mais aussi très leste.

Pas d'embonpoint, ni de raideurs, ni de douleurs importantes. Bien sûr, il lui arrive de constater qu'il n'a plus vingt ans, mais il sait aussi que si ses semblables jouissaient de sa condition physique, les médecins seraient tous dans la misère.

Sa pipe est maintenant bien partie. Le vieux la fume à son rythme habituel, un rythme calme et régulier qui la tient allumée plus d'une heure.

Il étend son bras pour s'emparer du fusil qu'il ouvre et pose à plat sur ses genoux. Il fouille dans sa veste pour en extraire deux cartouches de huit qu'il glisse dans les canons juxtaposés. Il referme son arme en prenant garde de ne pas faire claquer le mécanisme bien huilé.

Le vieux se lève et se campe.

Il fait glisser sa pipe dans le coin gauche de sa bouche, afin de ne pas être gêné quand il devra épauler.

Le bon moment arrive. La bécasse peut surgir d'un instant à l'autre, entre chien et loup, sans faire plus de bruit qu'une chouette effraie.

Le vieux soupire longuement, à fond.

Tous ses sens sont en alerte. Il guette le morceau de ciel métallisé par le soir. Il guette l'apparition furtive de la petite silhouette noire.

Devant la céleste luminosité bleutée, il ne peut s'empêcher de songer à ceux qui surveillent les écrans radars, dans les centres spatiaux ou les tours de contrôle des aéroports. Le ciel crépusculaire et sans nuage qu'il est en train de scruter ne lui offre-t-il pas un écran de premier ordre ?... D'ailleurs...

Ses pensées s'arrêtent net.

La bécasse arrive.

Le fusil vole au creux de l'épaule.

Tout va très vite.

Le coup part. Un seul.

La trajectoire de l'oiseau s'est brisée net. Il tombe en vrille sans se débattre et arrive au sol avec un bruit mat, à quelques pas du Barnabé qui va le ramasser comme on cueille un bolet.

La bécasse est morte sur le coup.

Tant mieux.

Le vieux n'aime pas achever ses victimes.

Sa main calleuse caresse les plumes couleur de feuilles mortes, comme on caresse le pelage d'un animal familier.. Elle est toute chaude... toute molle... toute souple...

Au bout du long bec désormais trop lourd pour le cou inerte, une perle de sang couleur de rubis s'accroche comme une goutte d'encre rouge à un porte-plume.

Le Barnabé se ressaisit et fourre sa proie dans la poche carnassière. Puis il ouvre son fusil, extrait la douille encore fumante qu'il range dans sa poche, sort une cartouche pleine, et glisse cette dernière dans la tiédeur du canon libre.

Il referme son arme et reprend sa posture de veille.

Tout a duré un instant.

Le chasseur est à nouveau aux aguets. Il ne fait pas encore suffisamment sombre pour interrompre la chasse. La prunelle du vieil homme s'affûte à nouveau vers le morceau de ciel.

Mais voilà que le regard s'émousse. La vieille main fouille la carnassière et ressort la bécasse pour un deuxième examen.

L'œil d'éléphant va de la bécasse pantelante au ciel, et du ciel à la bécasse pantelante. Le Barnabé tire sur sa pipe qui n'a pas eu le temps de s'éteindre. Ses épaules ont un haussement imperceptible.

Voyons…

Une avant-hier soir…

Deux hier soir…

Une ce soir…

Ca fait quatre. C'est assez.

Bon.

Cessez-le-feu.

On s'en va ?.. Non. On va quand même guetter. Pour voir. Mais on ne tire plus…

Dans la pénombre qui descend avec la rosée d'octobre, le vieil éléphant sourit en palpant sa défense cariée.

Ils ont interdit la passe ?… Tant pis pour eux.

Lui, le Barnabé, il ne se considère pas destructeur pour autant. Surtout à côté de ceux qui alignent cinquante ou cent bécasses à leur tableau légal, avec leur chien d'arrêt.

Quatre, ce sera, sauf imprévu, le palmarès final pour cette année. Et à Pierroche, on mangera de la bécasse qui ne devra rien à personne. Sacrebleu. Et ça ne sera pas à cause de ça que les dames au long bec disparaîtront de par chez nous, si elles en disparaissent un jour...

L'irruption de la silhouette ailée, aussi familière que légendaire, interrompt brusquement les pensées du vieux.

Il a un sursaut. Son cœur bat. Mais son fusil ne se lève pas. Il regarde la passante du soir s'évanouir dans les frondaisons noires.

C'est vrai qu'elles sont noires, ces frondaisons... A l'horloge du soleil et des étoiles, il est l'heure de rentrer. D'ailleurs, en se retournant, le Barnabé surprend celle du Berger qui brille déjà d'un bel éclat, tout là-haut.

Il murmure, rêveur :

- Toi, tu l'as échappé belle, ma jolie... Tu peux être contente !... Mais tu ne l'es pas tant que moi... Bonne route vers l'Afrique !... Et à l'année prochaine, si nous sommes encore de ce monde, toi et moi...

Il contemple un instant les dentelures sombres que les crêtes sapineuses découpent sur le ciel violissant, replace le couvre-siège de branchages, ajuste son fusil à la bretelle, et se met en route d'un pas tranquille.

*

Il redescend le petit sentier dont il connaît chaque pierre et chaque courbe. Il ne se presse pas. Pour mieux goûter à la douceur de ce soir d'automne… N'est-on pas aux portes de l'hiver ?.. Les soirées calfeutrées, on va bientôt avoir le loisir d'en profiter. D'ailleurs, certaines années, la neige est déjà là.

Le vieux respire avec délice cette fraîcheur aux arômes de champignons des bois.

Il n'est pas encore rentré de sa campagne bécassière qu'il songe déjà à l'expédition matinale qu'il va mener demain contre les clitocybes, tricholomes, et autres rhodopaxilles…

Au moment où il débouche à la lisière sylvestre, qui correspond à la limite du dénivelé entre le champ plat et la pente du coteau, le Barnabé s'arrête soudain.

Là-bas, la maison qui se fondait toutes lumières éteintes dans la nuit tombante, vient de s'illuminer d'un seul coup sous les rayons d'une puissante lampe blanche.

Bien qu'il soit à près de deux cent mètres de la source lumineuse, le Barnabé scille et détourne ses yeux éblouis.

Il s'arrête net.

Les gardes !…

Comme il n'est pas tombé de la dernière pluie, sa main plonge prestement dans la poche carnassière, en extirpe l'occupante, et la glisse en un éclair sous l'herbe à demi-couchée d'une touffe providentielle.

La manœuvre a duré le temps d'un clin d'œil.

Le Barnabé marque une hésitation avant de se remettre en marche vers la maison. Puis, au bout de quelques pas, il s'arrête et sourit.

Mais oui !…

C'est le Léonard qui étrenne sa nouvelle lampe à papillons. Une lampe bougrement plus puissante que celles qu'il utilise d'habitude.

D'ailleurs, le voilà justement, le Léonard, qui sort de la maison avec un paquet informe sous le bras. Quand il arrive sous la lampe, le mystérieux paquet s'avère être tout simplement un immense drap blanc qu'il étale consciencieusement sous la source de lumière, laquelle est suspendue à un mètre cinquante du sol, contre le mur de la maison.

Bon. Tout va bien.

Le bécassier revient sur ses pas pour reprendre possession de son gibier, puis il s'avance vers sa demeure, d'un pas bien décidé cette fois.

Le Léonard a l'air vraiment très absorbé par ses étranges occupations. Il est à genoux, et il tourne le dos à l'arrivant. Pourtant, il a parfaitement perçu la présence du Barnabé, car il déclare, sans même se retourner :

- Fais gaffe !… Ne regarde pas la lampe !…
- Pourquoi ?
- Tu risques un décollement de la rétine.

- Ah bon ?
- Bien sûr... C'est une lampe spéciale que la NASA m'a envoyée... C'est un prototype que je leur ai commandé. Mais ces ânes n'ont pas compris mes directives.

Le Léonard se retourne sans se relever, à genoux sur le drap. Les lunettes de ski teintées qui le masquent lui donnent l'air d'un martien. Surtout dans la lumière blanche qui blafarde sa peau et sa calvitie.

- J'ai mesuré la radioactivité, tout à l'heure, pendant que tu étais à la chasse. Heureusement que tu n'étais pas là parce que tu aurais morflé.
- Ah ? ! ?
- Et comment, mon pauvre vieux !... Des becquerels par pleines brouettes !
- Tu les as mesurés comment ?... On n'a pas de compteur Geiger, à ma connaissance, ici...

Le Léonard grimace un rictus méprisant, sous ses lunettes de ski, et fait claquer ses doigts.

- Comme si tu ne savais pas qu'avec mon fluide, je détecte n'importe quelle source radioactive !...

Le Barnabé prend un air contrit.

- Mais oui... C'est vrai... Où avais-je donc la tête?
- Donc, enchaîne le Léonard, doctoral, j'ai du modifier la longueur d'onde.

Il est superbe, le Léonard, sous les feux de la lampe qui l'illumine de toute la gloire d'un Pierrot lunaire.

- La longueur d'onde ? demande le Barnabé, sérieux comme un cardinal.

- Bin oui, mon vieux, confirme le Pierrot-lunaire-martien-chauve. Je ne pouvais tout de même pas laisser cet engin arroser les alentours de radiations à côté desquelles Tchernobyl, c'était de la fumée de barbecue mal réglé…
- Ah ?… fait le Barnabé, imperturbable.

Le vieux a beau être habitué à de semblables discours scientifiques, il ne peut s'empêcher de se demander où le Léonard va chercher des trucs pareils. Ce soir, d'ailleurs, le savant à l'air particulièrement en forme, car manifestement, la démonstration n'est pas finie.

Le voilà qui enchaîne :

- Donc, cette longueur d'onde, je l'ai modifiée. Mais comme j'étais limité par le temps, à cause que je voulais chasser ce soir, je n'ai pas eu le loisir de la régler comme je voulais. Maintenant, c'est les ultras violets qui font une mêlée ouverte autour du filament. Donc, si tu fixes la lampe pendant seulement trois secondes, ta rétine risque de se décoller pire qu'une affiche électorale.
- Ah ?… Et si je regarde à côté ?…
- Aucun risque.
- Et tu as fait comment, pour ton réglage ? Tu as ouvert l'ampoule ?

Derrière ses lunettes, le Léonard ouvre des yeux de hibou plongé dans un aquarium. Puis il a un sourire bon enfant pour montrer qu'il pardonne l'énormité qui vient d'être proférée. Il explique donc avec un ton plein de bienveillance :

- Vois-tu, dans l'ampoule, il y a un gaz qui empêche la combustion du filament. Un filament en alliage spécial qui n'est employé que pour les circuits lumineux des stations spatiales.

Le vieux réussit à rester de marbre, mais il boit du petit lait. Car, s'il connaît l'immensité du répertoire du Léonard, il n'avait encore jamais eu le plaisir d'assister à ce numéro-là.

Et la suite arrive.

- Donc, ce filament baigne dans un gaz qui non seulement le protège de son autocombustion, mais qui, de surcroît, imprime à la lumière une attirance spéciale vis-à-vis de certaines espèces de papillons nocturnes.

- Cette lampe est donc meilleure que celles que tu utilises d'habitude, pour tes chasses de nuit ?

- Tout juste, Auguste... confirme le Léonard soucieux de démontrer au passage qu'un vrai esprit scientifique se doit aussi d'être poète. Mais ce gaz, il est très dangereux... C'est pour ça que si par malheur la lampe pète, sauve-toi en courant le plus loin possible !...

- Pourquoi ?

- Tu sais ce que c'est, ce gaz ?

- Non.

- Un mélange qui comporte entre autres du cyanure et de l'ammoniac. A côté de ça, mon gars, les gaz de la guerre de quatorze, c'était de l'encens hindou pour la salle de bain.

Heureux de sa docte explication, le Léonard considère le Barnabé d'un regard magistral, derrière ses lunettes de champion de ski qui commencent à s'embuer.

Le Barnabé, admirablement impassible derrière sa pipe et sa moustache, fusil à la bretelle, une main sur la crosse, l'autre au fourneau de sa bouffarde, ne peut s'empêcher de se dire que cette buée sur ces lunettes apporte un indice intéressant sur l'activité interne du cerveau qu'elles ceignent pour l'heure.

- J'ai entendu tirer, tout à l'heure, reprend le Léonard.

Cette remarque est en réalité une question qui demande : « Qu'est-ce que tu as tiré ? »

- Une demoiselle au long bec, répond le Barnabé.

- Qu'une ?… Remarque, c'est déjà pas mal. Fait voir.

- Viens donc la regarder à l'intérieur, dit le Barnabé, toujours sérieux comme un pape. Parce que ici, avec ta lampe atomique, tes rétines vont finir par danser le rock.

Le vieux bécassier franchit le seuil, suivit de l'entomologiste-cosmonaute. Ils se retrouvent dans un large corridor dallé à l'ancienne, au bout duquel un escalier de pierre grimpe à l'étage. Une bonne odeur les accueille. Une odeur qui vient de la cuisine, dont la porte donne directement sur le corridor.

- J'ai fait une soupe à l'oignon, annonce le Léonard. D'abord parce que tu y aimes bien, et aussi parce qu'il y a des croûtons à finir.

- Eh bin t'as eu une bonne idée.

Les moustaches du Barnabé frémissent d'aise en entrant dans la vaste pièce qui fait office de cuisine et de salle à manger. Une marmite trône sur un gros fourneau à bois. L'appétissante odeur s'échappe d'une soupe à la belle robe brune qui y mijote.

Le Léonard va droit à la marmite, empoigne le long manche de la louche qui baigne dans la soupe, et touille trois ou quatre fois en interrogeant du regard le fruit de son travail.

Le Barnabé troque ses gros souliers de cuir contre des godasses plus éculées, mais aussi plus légères. Il se débarrasse aussi de sa veste de chasse qu'il va accrocher à un clou, dans le corridor, à côté d'autres défroques imprécises. Il revient dans la cuisine, va déposer sa bécasse sur un coin de l'évier de pierre, et suspend son fusil au mur par la bretelle, canons en bas, en compagnie d'un autre qui s'y trouve déjà.

Le Léonard, qui a remonté ses lunettes sur le front pour mieux remuer sa soupe, abandonne momentanément ses exercices culinaires pour examiner la bécasse.

- Elle est belle, ma foi, dit-il en la soupesant.

Puis il écarte les ailes et soulève la première rémige pour dégager une petite plume effilée de deux ou trois centimètres de long. Il la prélève avec précaution et fait de même avec l'autre aile.

- Ah, ces plumes du peintre, tout de même, quelle splendeur !…

Il tient avec précaution les minuscules trophées dans le creux de sa main, les admire un instant, puis les range avec soin dans une petite boîte d'allumettes, sur une étagère, au dessus de l'évier.

Pendant ce temps, le Barnabé a ouvert le vieux buffet vaisselier, et en sort deux couverts. Il les dispose sur la grande table de sapin pouvant accueillir facilement huit personnes, et dont les deux tiers sont occupés par des journaux, des magazines, des livres, et un certain nombre d'ustensiles divers, allant du piège à taupes aux ciseaux de couturière, en passant par un mètre de menuisier, une courroie de sac à dos, et une boîte de cirage.

Le Barnabé retourne au buffet, en ouvre une autre porte, et en extrait un gros morceau de pain enveloppé dans un linge, un bocal d'oignons blancs au vinaigre, une salière, une poivrière, et une bouteille de vin rouge entamée. Il dépose le tout sur la table, remplit les deux verres en un geste précis et bien rodé. Après quoi, il repose la bouteille et s'empare d'un des deux verres qu'il élève en l'air.

- Santé.

- Santé, répond le Léonard qui se hâte pour saisir l'autre verre, afin de ne pas laisser le Barnabé tendre trop longtemps son bras.

- A ta nouvelle lampe.

- Bouha… Justement, il faut que j'aille vérifier si le ballast est bien au sec.

Concrétisant aussitôt sa déclaration, le Léonard boit une gorgée rapide, pose son verre, et sort.

Le Barnabé reste seul sur sa chaise.

Il étire ses vieilles jambes avec un petit sourire indulgent à l'égard de son frère.

Car les deux hommes sont frères. Ils vivent tous les deux et rien que les deux dans cette vieille maison qui fut jadis une ferme. Une vraie belle ferme typique des hauts plateaux du Jura. Une solide bâtisse très fonctionnelle, certes, mais parvenant à présenter dans ses lignes une indéniable élégance, avec ses petits pans de toit sur l'angle sommital des murs de pignon bardés de tavaillons, ses coches de pierres de taille, et son pont de grange en arc elliptique, de la même facture que la large porte à deux battants à laquelle il donne accès.

La maison est facile à dater puisque la pierre du linteau d'entrée porte la date de 1823, en chiffres finement gravés au ciseau.

Quoiqu'isolé et sauvage, l'endroit est loin d'être inhospitalier.

C'est une combe typiquement jurassienne, dominée au couchant et au septentrion par de raides pentes surmontées de barres rocheuses qui la protègent de la bise et qui réfléchissent la chaleur du soleil. Protégée au levant par une montagne boisée, moins haute et moins pentue que les autres versants, elle s'ouvre au midi par une large échancrure façonnée au cours des âges dans les vestiges des anticlinaux primitifs.

La combe de Pierroche jouit donc, de par sa configuration particulièrement favorable, d'un micro-climat bien protégé. Les prés de son fond presque plat se piquètent de l'or des jonquilles un mois avant les autres pâtures de la région proche, et sur ses pentes bien exposées, les orchidées sauvages jouent à cache-cache entre les buissons rabougris des rocailles.

La présence de certaines plantes atteste que l'ambiance de ces lieux peut, par certains côtés, s'apparenter à celle des régions méditerranéennes, alors que les tourbières cachées dans la combe humide, à quelques centaines de mètres derrière les rochers du nord de la combe, recèlent des représentants de la flore arctique.

Cette particularité fait dire au Barnabé, qui ne manque ni de sagesse ni de connaissances, que le crêt de Pierroche marque la limite entre la Laponie et la Provence.

Les ancêtres du Barnabé et du Léonard savaient bien ce qu'ils faisaient en bâtissant leur maison.

Bien sûr, le défrichage et l'essartage des lieux fut certainement un travail de Romain… Mais quelle récompense ! …

La terre du fond de la combe, issue de la décalcification des roches sédimentaires et de la décomposition des végétaux, s'est ouverte généreusement aux socs des charrues, pendant qu'on l'engraissait consciencieusement de fumier et qu'on l'affinait soigneusement de ses cailloux.

Avec le temps, elle est devenue brune et souple.

L'excellente orientation géographique de l'endroit à fait le reste. Dans le jardin du Barnabé et du Léonard pousse à peu près tout ce qu'on se donne la peine de planter.

Ce jardin est d'ailleurs le seul morceau survivant des terres cultivables endormies sous les herbes.

Cette combe riche, convoitée et exploitée par les hommes d'autrefois, serait aujourd'hui complètement à l'abandon sans la présence des deux frères. Elle ne suscite plus d'intérêt, cette terre qui a pourtant nourri des générations d'hommes et de bêtes. Et tout ça parce que les hommes ne sont plus des paysans. La société n'est plus agricole, mais consommatrice. Ce qui représente, comme chacun sait, une évolution complètement libératrice. C'est du moins ce qu'expliquait un jour le Barnabé à un promeneur retraité qui s'apitoyait de le voir peiner à arracher ses pommes de terre.

- Vous avez de la chance, vous autres, en ville, avait-il lancé au touriste ébahi, car c'en était un. Vous avez, à portée de voiture, des magasins où vous pouvez acheter des légumes qui doivent être, vu le prix qu'ils coûtent, bien meilleurs que ceux de mon jardin qui, eux ne coûtent rien. Et en plus, ces excellents produits que vous mangez, sont arrosés et traités avec des produits tellement révolutionnaires, qu'on n'en soupçonne même pas l'existence, ici, dans notre trou perdu. Vous avez toute une civilisation d'avance sur moi, alors, au moins, laissez-moi mourir idiot, bien tranquillement, dans l'ignorance de toutes ces savantes inventions qui transforment la vie de tous ceux qui ont eu la clairvoyance d'aller vivre en ville, en véritable conte de fées. Tant pis pour moi, mon pauvre Monsieur… Je ne vous disputerai pas votre bonheur, inaccessible pour moi, mais de grâce, ne retournez pas dans mes plaies le couteau de la misère.

Le promeneur était reparti encore plus ébahi, en n'osant pas se retourner, honteux d'abandonner ainsi ce pauvre hère à sa glèbe.

Ce n'est que lorsqu'il fut hors de portée de voix que le ricanement du Léonard grinça derrière les volets mi-clos.

- Tu crois pas que tu y vas un peu fort ?

Le Barnabé ne se retourna même pas. Un sourire malicieux plissait ses rides, comme si la terre sur laquelle il était penché se reflétait sur sa peau.

- Au lieu de faire des sermons, apporte-moi plutôt un canon de blanc bien frais. Ca donne soif de creuser les patates.

Le ricanement invisible se fit plus fort, derrière les volets.

- Vouais… Et bin si la quantité de salive usée est proportionnelle à la taille des salades que tu plantes aux gens, il n'y a pas que le maniement du fessou qui peut te donner soif…

*

Pour l'heure, le Léonard est bien affairé. Entre sa soupe à l'oignon qui cuit sur le fourneau, et sa lampe à papillons qui jette dans la nuit les rayons du triomphe de la science sur les ténèbres, il a besoin de toutes ses facultés.

Pas question de paniquer.

D'ailleurs, c'est avec cette légendaire maîtrise de soi, dont seuls disposent les grands savants, qu'il s'empare pour la seconde fois de son verre de rouge vidé à moitié par la première charge.

Il parachève donc l'ouvrage en cours, à grand renfort d'aspirations glouglouteuses, et de clapements de langue.

Son esprit est tellement absorbé, tellement ailleurs, à ce pauvre Léonard, qu'il n'a même pas senti le goût du vin. Il est donc obligé de s'en resservir une petite lichette.

Il est plus jeune que son frère. Il faut dire que les deux gaillards ne se ressemblent ni par le poil ni par la stature. A l'abondante chevelure grise du Barnabé, le crâne du Léonard réplique par une calvitie impeccable, lisse comme un œuf du jour, couronnée sur les tempes et la nuque d'une mousse grisonnante d'académicien. D'autre part, son mètre soixante deux et la rondeur de son ventre apportent une discordance décisive avec la silhouette plutôt élancée de son aîné.

La couleur de leurs yeux, teintés du même brun, trahit cependant leur même souche génétique.

Les septante cinq ans du Barnabé et les soixante ans du Léonard recèlent la même santé, puisée dans la terre de la montagne. Leurs deux caractères, bien que différents sur certains points, sont forgés sur la même enclume, et trempés au même feu.

Le Léonard est resté le petit frère que le Barnabé traite avec indulgence. Le Barnabé est toujours l'aîné que le Léonard respecte. Le tandem fonctionne très bien. A la façon d'une équipe bien rodée où chacun sait ce qu'il a à faire. Où l'un sait tout de l'autre... Car ils ne se sont jamais séparés ou presque, les deux frères.

Le Léonard n'a quitté la maison familiale que pour faire l'armée. De justesse, car son mètre soixante deux a bien failli lui coûter d'être réformé.

Le Barnabé, quant à lui, s'est bien marié, dans le temps... Et pas avec n'importe qui, d'ailleurs : une belle fille de la ville séduite par les attraits de la saine vie au grand air dans les montagnes jurassiennes. Une femme sensible, pleine de culture... Tellement pleine, d'ailleurs, qu'au bout d'à peine une année de mariage, elle a planté là le Barnabé pour partir avec un Anglais désireux d'emporter avec lui un souvenir de Haut-Jura, pour rehausser le cachet de sa galerie d'art, à Londres, et pour améliorer, par la même occasion, la chaleur intime de la chambre à coucher de son appartement, Picadilly Street.

Pour une femme cultivée, aimant les larges horizons, c'était une occasion unique de s'assumer. Occasion confirmée en deux temps et trois mouvements par la rencontre avec un magnat Américain de l'automobile, en compagnie duquel elle est de nouveau repartie à la conquête d'autres espaces, animée par la même fougue qu'aux premiers jours.

Le Barnabé, qui avait retrouvé la maison familiale en même temps que le célibat, avait beaucoup souffert de l'abandon de son épouse. Il se sentait coupable de ne pas avoir su lui apporter ce qu'elle était en droit d'attendre d'un homme.

Mais, lorsqu'un beau jour de l'été d'après, il vit revenir l'Anglais, meurtri, lui reprocher de lui avoir refilé un mauvais numéro, le Barnabé oublia sa rancœur pour dire au gentleman :

- Merci de me l'avoir prise… Si elle est partie outre-Atlantique, c'est que je n'étais peut-être pas complètement à l'origine de notre rupture… Tu vois, je t'en ai voulu… Mais aujourd'hui, je ne t'en veux plus. Tu as bien fait de revenir pour me conter tes misères. Comme ça, je vois que tu n'es pas un vrai salaud. Tu es seulement encore plus con que moi. Allez, viens, on va boire un canon.

L'Anglais avait refusé.

- Et bin c'est que t'es vraiment con…Parce que ma femme, tu me l'as volée, mais le canon, je te l'offrais de bon cœur. Alors, si tu prends ce qui ne t'appartient pas et que tu refuses ce qu'on te donne, et bin ça ne m'étonne plus que pendant des siècles, on ne soit pas arrivé à s'entendre avec ceux de ta peuplade, s'ils sont tous comme toi…

Sur ces entrefaites, la Lucienne, jeune et unique sœur du Léonard et du Barnabé s'était mariée. Un beau mariage… Avec un industriel lyonnais un peu distant, mais qui ne laisserait la Lucienne manquer de rien. Elle était donc partie vivre une nouvelle vie à Lyon, loin de l'ingrat labeur de la terre.

Puis, coup sur coup, les parents moururent. Si bien que les deux garçons se retrouvèrent seuls dans la maison familiale. Comme le Léonard ne s'est jamais décidé à convoler, le Barnabé est resté pour veiller sur son jeune frère.

Le temps qui passe a fait le reste.

C'est ainsi qu'aujourd'hui, les deux vieux gars s'entendent toujours aussi bien, chacun à son poste. Leurs vies se sont écoulées côte à côte, paisiblement. La quinzaine d'années qui les séparent se remarquent plus sur le registre d'état civil que sur leur aspect physique, car ils réussissent tous les deux à paraître sans âge précis.

*

- Elle est bonne, ta soupe, cré vain nom !...
- Et bin t'as qu'as en reprendre un pochon.

Et le Barnabé se ressert. Puis, de ses mains calleuses, il déchiquette au dessus de son assiette fumante un quignon de pain. Après quoi il sous-poudre le tout de fromage râpé, touille l'ensemble d'un geste bocusien et s'enfourne une cuillerée grosse comme une pelletée de maçon.

- Tu comprends, dit-il à son frère qui a suivi la manœuvre d'un œil connaisseur, avec deux assiettées d'une soupe pareille, tu n'as même pas besoin de viande !...

Le Léonard a le succès modeste. Devant le triomphe remporté par ses prouesses culinaires, il se contente d'une moue élégante accompagnée d'un sobre hochement de calvitie.

- Pour sûr... approuve-t-il. Une soupe comme ça, ça tient au ventre, et pis c'est pas lourd du tout. Ca a juste besoin d'un coup de rouge par-dessus, pour velouter l'estomac..

Il joint le geste à la prescription, puis laisse tomber, plein de nostalgie :

- Il y a des jours où je regrette de ne pas avoir ouvert un restaurant à Paris. J'aurais fait fortune. Mais attention, pas une gargote à quatre sous, non...Un vrai restaurant gastronomique, avec des étoiles et tout et tout... Bah... Tant pis... Et tant mieux pour les restaurateurs qui ont échappé à ma concurrence. Eh oui... Que veux-tu... Quand on a le malheur d'avoir hérité d'un esprit scientifique, on a le devoir de s'y consacrer.

Le Léonard regarde son frère par-dessus la marmite noirâtre qui trône sur la table, entre eux. Le Barnabé mange sa soupe avec deux avantages : d'abord, il se régale, et ensuite, sa bouche pleine lui donne l'occasion d'être poli en évitant de parler.

Content de lui, le cuisinier désigne la marmite d'une main théâtrale :

- Quand on voit ce que je suis capable de faire avec une poignée d'oignons et quelques ingrédients, imagine un peu le chimiste que je ferais, si je pouvais disposer d'un labo comme à la NASA.

Sur cette péremptoire déclaration, il se lève, ramasse d'un geste distrait ses lunettes de skieur qui traînaient sur l'évier entre la bécasse et les épluchures d'oignons, les ajuste sur son front dégarni de savant, et sort pour accomplir une ronde vérificatrice du côté de sa lampe de chasse.

Le Barnabé étire ses vieilles jambes sous la table. Il écoute le feu qui chuchote doucement dans le fourneau. Tout est calme. Le chien est assoupi dans le fauteuil, avec la chatte roulée en boule entre ses pattes de devant. Attendri, le vieil homme contemple le repos insouciant des animaux. Comme s'il avait senti sur lui le regard de son maître, le chien ouvre un œil sans bouger sa tête hirsute posée sur l'accoudoir.

C'est un brave chien bâtard d'une dizaine d'années, qui ressemble plus à un nounours mal empaillé qu'à un champion d'expositions canines.

Ses maîtres n'en ont cure. Ils savent depuis longtemps que les purs corniauds sont, d'une manière générale et malgré quelques exceptions, autrement plus intelligents et sociables que ces chiens de race caractériels, au cerveau « éporniaflé » par les savantes épurations génétiques que d'éminents spécialistes opèrent sur leur lignée depuis des générations.

Pour l'heure, cet état de chose n'a pas l'air de perturber le chien de la maison. Il considère un petit moment son maître d'une prunelle confiante et laisse mollement redescendre sa paupière, afin de tirer pour un temps le rideau sur le spectacle du monde.

- Eh bien, Monsieur, chuchote le vieux… Il me semble que tu dors dans une drôle de position… Tu vas t'ankyloser, à c't'heure… Ah… Je vois… C'est pour ne pas faire subir à Mademoiselle des désagréments susceptible de troubler son repos…

L'œil de Monsieur s'est rouvert. Son expression blasée confirme la justesse de l'observation du Barnabé, qui considère la boule de poil pelotonnée entre les grosses pattes du chien.

C'est une ravissante petite chatte, grise et tigrée.

Elle est venue de nulle part, à la fin de l'été, miauler de misère devant la porte. Les deux vieux n'ont pas eu le cœur de la laisser dehors, surtout que Monsieur n'avait manifesté à l'égard de la nouvelle venue qu'une méfiance purement conventionnelle.

La petite bête affamée s'était jetée sur la nourriture qu'on lui avait donnée. Puis, trouvant la maison accueillante, elle s'était installée sans plus de cérémonie, avec la bénédiction de Monsieur. Le chien semblait effectivement heureux de l'arrivée d'une compagnie plus intellectuelle que celle des poules, avec lesquelles il ne poussait jamais la conversation plus loin que les salutations d'usage. Ses relations avec les chèvres, quoique moins superficielles, étaient naturellement limitées par la différence d'appartenance sociale.

Les maîtres de céans avaient toujours eu au moins un chat sous leur toit, et depuis que le dernier avait disparu sans laisser de traces, sous la dent d'un renard en maraude ou le plomb d'un chasseur un peu trop zélé, le poste de chat se trouvait vacant à Pierroche.

Tout le monde trouva donc son compte.

Et la vie continue de s'écouler paisiblement. Si paisiblement que le Léonard et le Barnabé prennent le temps d'étudier entre les travaux domestiques.

S'il est vrai qu'entre lapins, poules, chèvres, bois de chauffage, ruches, jardin, chasse, papillons, champignons - pour ne citer qu'une partie des saines occupations que fournit la vie dans une maison isolée comme la leur - l'existence des deux frères et bien remplie, ils n'en trouvent pas moins le temps et l'envie de se consacrer à des travaux tout autres que les diverses besognes plus ou moins journalières.

Ils étudient.

Mais oui.

Oh, bien sûr, ils ne sont inscrits à aucune faculté. Leurs études sont très autodidactes, leurs motivations très personnelles, mais leurs recherches scientifiques, menées avec des moyens qui feraient sourire de mépris maints universitaires, n'en occupent pas moins très sérieusement leur temps, et leur ouvrent par leur sens même, d'autres horizons que celui, bien dérisoire, de repousser le plus loin possible l'heure de la mort.

Le Barnabé et le Léonard, au-delà des passagères divergences qui naissent inévitablement entre deux scientifiques, surtout si l'un est le petit frère de l'autre, tombent d'accord sur pas mal de choses, et en particulier sur le fait qu'une vie bien remplie ne rime pas forcément avec compte en banque d'une part, ni avec nombre d'années vécues d'autre part. Sur l'argent et la mort, les deux frères ont toujours eu une appréciation si commune, qu'ils n'ont jamais pris véritablement la peine d'en débattre.

Le seul inconvénient qu'ils pourraient trouver à l'argent serait de trop y penser, mais comme ils n'y pensent pas, ils ne pensent pas non plus au dit inconvénient.

Quant à la mort, les deux désagréments qu'ils pourraient lui trouver seraient, d'une part, la solitude de celui qui reste, (pas de celui qui part) et d'autre part, l'éventuelle inopportunité de l'interruption de leurs études scientifiques.

Pour le reste, il y a belle lurette qu'ils en ont confié la gestion à leurs Anges Gardiens.

*

Voilà le Léonard qui rentre, lunetté comme un motard de l'entre-deux-guerres. Il se débarrasse de son matériel optique d'un geste las.

- Le ciel est comment ? demande le Barnabé sans décoller le cul de sa chaise.

L'entomologiste fait la moue.

- Ma foi... Il ne me semble pas que c'est ce soir que tu vas être ébloui par les reflets des dents de la Grande Ourse....

- Mouais... soupire l'aîné. Ca ne m'étonne pas que ça se couvre. Tout à l'heure le soleil était bien trop rouge, au coucher... C'est pas la peine que je monte à l'observatoire... Et les papillons ?

- Boah... Pour le moment, que de la cassibraille.

- Les poules sont fermées ?

- Ouais.
- Les chèvres sont traites ?
- Non, mais j'allais y aller. De toute façon, il n'y en a pas pour longtemps. La Gabie est tarie, et la Cabrette est à la gare d'avant.
- Laisse, j'y vais moi-même, dit le Barnabé. Puisque je ne peux pas « astronomiser » ce soir, « papillonise » donc en paix.
- Merci mon colonel, conclut sobrement le Léonard en terminant son troisième et dernier verre de rouge de la soirée.

*

Les deux chèvres sont sympas.

Et elles le montrent au Barnabé lorsqu'il entre dans leur étable. Elles sont venues à sa rencontre avant même qu'il n'allume la petite ampoule poussiéreuse qui éclaire leur logis. Elles ont reconnu le pas familier, dans la cour, et puis aussi, sans doute, la bonne odeur de la pipe que le Barnabé a allumé, comme presque chaque soir, en compagnie du Léonard. Il faut dire que les deux frères fument le même tabac, si bien qu'à la maison, il n'y a toujours qu'un seul paquet ouvert à la fois.

Sans plus de façons, elles viennent doucement appuyer leurs têtes cornues contre la jambe du vieil homme qui sourit en flattant les encolures.

Ce sont de bien jolies chèvres à la robe brune, et au dos souligné de noir. Elles courbent leur échine de plaisir, sous les caresses.

Le vieux leur parle et les câline tout en s'assurant d'un coup d'oeil qu'elles ne manquent de rien.

Leur petit abreuvoir est à moitié plein d'eau fraîche. Leur litière est propre, et du foin odorant garnit leur mangeoire. Tout cela est parfait. Il faut dire qu'avec cette belle arrière saison, elle peuvent passer toute la journée dehors, où elle trouvent une nourriture encore abondante.

La Cabrette se laisse traire avec sa docilité coutumière.

C'est vite fait. A peine un demi-litre.

Assis sur son tabouret, le Barnabé ne se relève pas tout de suite.

Il a laissé sa pipe s'éteindre. D'abord parce qu'il n'aime pas fumer au milieu du foin sec, à cause des risques d'incendie, et aussi parce que le parfum du tabac ne se marie pas bien avec celui des chèvres.

Il sourit, songeur, à la Cabrette qui le regarde dans les yeux, comme pour s'excuser du peu. Il y a quelque chose de si malicieux dans les pupilles rectangulaires de l'animal, que le vieil homme ne peut s'empêcher de tendre la main pour gratouiller entre les cornes. Prenant sans doute ce geste pour un remerciement, la chèvre incline la tête avec distinction, en une révérence très vieille France.

Le Barnabé rigole en se levant.

- Bonne nuit, mesdames... lance-t-il fort civilement, avant de sortir et de refermer soigneusement la vieille porte de bois déjointée.

Il traverse la cour illuminée par la puissante lampe qu'il évite soigneusement de regarder. Le décollement de rétine évoqué tout à l'heure si théâtralement par le Léonard ne l'a pas traumatisé outre mesure – il connaît son frère – mais il tient à éviter le choc lumineux qui imposera à ses vieux yeux quelques instant de cécité lorsqu'il traversera le couloir moins bien éclairé.

Peu après, le Barnabé est au lit.

Avant de s'endormir, il égrène son rosaire.

A la deuxième dizaine, un petit choc souple sur son édredon l'avertit que la chatte vient, comme souvent, terminer son sommeil avec lui, après avoir abandonné sans vergogne le chien qui a pourtant si consciencieusement veillé sur elle.

Le ronron de Mademoiselle ajoute sa sérénité à celle de la prière. Et le brave Barnabé s'endort paisiblement en récitant sa quatrième dizaine. Le chapelet glisse de ses doigts sur le drap blanc.

Dans la nuit qui s'avance, le Léonard continue de monter seul une garde vigilante, en multipliant les rondes silencieuses autour de sa lampe de chasse, avec la conscience professionnelle d'un gardien de phare. Les papillons n'ont qu'à bien se tenir, et la maison peut dormir en paix.

*

II

Le Barnabé est parti de bonne heure, avec son couteau et son panier d'osier.

Il a pris soin de ne pas troubler le sommeil matinal de son frère qui a assuré une longue veille dans la première partie de la nuit.

Avant de marcher sus aux champignons, il a opéré une ronde, à l'aube, autour de la lampe restée allumée. D'abord, il l'a éteinte, puis, dans un bocal que le Léonard a laissé spécialement à son intention, il a fait rentrer avec précaution deux ou trois papillons engourdis sur le drap par la fraîcheur nocturne.

Après avoir procédé à cette première cueillette entomologique pour son cadet, il est parti pour une seconde, mycologique celle-là, mais aussi gastronomique.

Le Barnabé est bien loin de cueillir n'importe quoi.

Dans le choix des champignons dignes de finir dans son assiette, il est aussi exigeant et tatillon que le Chef d'un restaurant quatre étoiles.

Il les connaît bien, les champignons, le Barnabé. Il en consomme plus de quatre vingt espèces, et il en identifie cinq fois plus, sans le secours d'aucun manuel.

Pour lui, il ne suffit pas que les champignons soient comestibles pour les manger. Il faut aussi qu'ils soient jeunes. Dès qu'ils sont un peu trop gros, le vieil homme les laisse à l'intention des blaireaux et des cueilleurs moins difficiles que lui.

Il ne rapporte pas que des espèces comestibles. Son panier comporte un petit compartiment spécialement destiné à accueillir les espèces inconnues qu'il identifiera tranquillement à la maison, dans le laboratoire que le Léonard et lui ont aménagé dans la grange.

Ce matin, le brave Barnabé n'a pas le plaisir de tomber sur une espèce inconnue. Ce plaisir se fait d'ailleurs de plus en plus rare, au fur et à mesure que ses connaissances en la matière se complètent.

En revanche, il a fait une razzia de tricholomes terreux gros comme des pièces de deux francs.

La seule chose qui ait attiré son attention, c'est le bruit d'une voiture montant à la combe. Il l'a entendue alors qu'il était tout au fond, au pied des rochers, d'où la vue est complètement masquée sur la maison et la route.

Il a prêté l'oreille, et il a distinctement entendu la voiture s'arrêter devant la maison. C'était trop tôt pour le facteur. D'ailleurs sa voiture ne fait pas ce bruit-là.

Bah… Sans doute un ramasseur de champignons.

Le Barnabé n'en veut pas à ceux qui viennent ramasser « ses » champignons. Il est seulement allergique aux ignorants qui ne respectent pas la montagne ni ceux qui y vivent. A ces gens qui ne sont même pas capables de refermer derrière eux un clédar qu'ils ont ouvert.

Et puis il n'y a plus pensé, à ce bruit de moteur, plongé qu'il était dans le monde des champignons.

Ce n'est qu'au retour, avec son panier alourdi, qu'il tombe en arrêt sur la voiture garée dans la cour.

C'est une Renault Clio bleu métallisé, aux jantes étincelantes et aux sièges de cuir. Elle est immatriculée dans le Rhône. Des Lyonnais ?...

- Tiens ?... Si c'était la Lucienne avec l'Albert?... Non... Je ne pense pas... C'est pas le style des voitures du beau-frère.

L'Albert a toujours eu un faible pour les grosses voitures allemandes comme Mercédès ou BMW. D'ailleurs, le Barnabé lui avait fait un jour remarquer:

- Si tout le monde achetait étranger, nos petits Français ne tarderaient pas à se retrouver tous au chômage.

Le beau-frère avait répondu, avec la condescendance d'un vrai chef d'entreprise moderne :

- Mon pauvre Barnabé, tu n'es pas de ton temps... Aujourd'hui, si on ne joue pas le jeu de la mondialisation, on sera vite dépassé par les événements, tu sais... Bien sûr, vous, dans votre pays perdu, ici à Pierroche, vous êtes en dehors de tout ça... Vous ne pouvez pas comprendre.

L'Albert avait d'ailleurs perdu sa suffisance lorsque le Barnabé lui avait fort civilement indiqué l'endroit de sa personne où il pouvait se mettre ladite mondialisation.

Pour l'heure, le vieux, en arrêt devant la petite Renault, se dit que le beau-frère est peut-être revenu à des sentiments plus patriotiques... Il se dit aussi qu'à Lyon, les affaires vont peut-être moins bien, vu que la cylindrée de la voiture a été revue à la baisse... Il se dit enfin que ce n'est sans doute pas son beau-frère.

D'abord, ça fait des années qu'il n'est pas revenu à Pierroche, et ensuite, c'est encore bien tôt dans la journée. Ce ne sont sans doute que des promeneurs ou des champignoneurs . Après tout, il n'y a pas que l'Albert qui habite dans le département du Rhône.

L'une après l'autre, deux malicieuses têtes cornues émergent au dessus du capot. La Cabrette et la Gabie sont en train d'examiner de près cette voiture intruse dans leur domaine.

Le Barnabé s'adresse à elle comme à des êtres humains.

- Vous avez vu qui c'est ?... Est-ce quelqu'un qui est rentré chez nous ?...

- Tu parles tout seul, maintenant ? demande une voix dans son dos.

Le vieux se retourne promptement.

- Ah ! ?... C'est toi, Lucienne !...

Son œil d'éléphant s'est arrondi sous l'étonnement. Il a failli ajouter : « Et bin dis donc, t'as pris un sacré coup de vieux depuis la dernière fois ! ». Mais, en gentilhomme, il se découvre pour embrasser sa sœur.

- Que nous vaut le plaisir de ta visite ?… Et de si bonne heure, en plus ?…
- Oh… Comme je sais que tu es un lève-tôt et que le Léo est un couche-tard, je me suis dit qu'il y a toujours quelqu'un pour me recevoir, quelle que soit l'heure où j'arrive.

La Lucienne est une femme mince, au visage ovale, qui flirte avec la cinquantaine. La teinture de ses cheveux, coiffés avec raffinement, s'accorde discrètement avec la couleur de ses yeux bruns comme ceux de ses frères. Sa voix est plutôt agréable, quoique parfois relevée par ces intonations caractéristiques aux gens qui cultivent un peu trop leur bonne éducation.

Le Barnabé ne remarque pas la qualité et l'élégance des vêtements de la visiteuse, qui tranchent pourtant singulièrement avec ses bleus, sa vieille veste délavée, et sa chemise au col ratatiné.

Son attention se fixe sur le visage de la Lucienne. Un visage fatigué... Avec des petites poches sous les yeux.

Il fait une moue à peine perceptible, sous sa moustache.

- Tout va bien, au moins ?… C'est pas tant dans vos habitudes de débarquer ici à ces heures… C'est même plus vos habitudes du tout de venir à la maison.
- Albert n'est pas venu.

- Ah ?…
- Il est très pris par ses affaires, tu sais bien…
- Mouais… Il est surtout pris par sa vie de fou, grogne le Barnabé… Alors, comme ça, t'es venue toute seule ?…
- Non. Avec Maxou.

Le vieux sourcille.

- Maxou ? !…
- Eh bien oui. Maxime !… Mon fils,quoi.
- Aââân !… Maxime !… Ca fait une paye qu'on ne l'a plus revu ni eu de ses nouvelles, à ce chrétien-là… Et pis il est où ?… Dans la bagnole ?…
- Mais non. Il est avec le Léo à la cuisine. On t'attendait.
- Ah, ah ?… Vous m'attendiez ?… Et bin vous avez de la chance, parce que je suis revenu tôt, aujourd'hui, par rapport à certains jours… Des fois, je ne reviens que pour midi…
- Heureusement que tu n'es pas rentré à midi, parce que je n'aurais pas eu le temps d'attendre.

Tout en échangeant ces propos, ils arrivent devant la porte de la cuisine. Le Barnabé, qui allait tourner la poignée, s'immobilise.

- Comment ça, pas le temps d'attendre ?…
- Entre donc… Je vais t'expliquer.

Dans la cuisine, le Léonard est attablé devant trois bols de café fumants. Il en touille un d'une cuillère distraite.

Il faut un instant au Barnabé pour repérer une silhouette accablée, adossée au mur à côté de l'horloge comtoise, bras sur la poitrine, tête baissée.

Il lui faut aussi un autre instant pour identifier un jeune garçon de dix-sept ou dix-huit ans.
- Salut, lance le Léonard à l'adresse de son aîné. Ca va ?...
- Bin, euh... Oui... répond le Barnabé , étonné par l'absence de réaction chez le jeune.

Et comme ce dernier ne manifeste aucun signe, c'est le vieux qui lance, un peu décontenancé derrière ses moustaches grises, avec son panier à la main, qu'il n'ose pas déposer sur la table :
- Bonjour, jeune homme !...

Le destinataire de la salutation n'a pas d'autre réponse qu'un imperceptible hochement de sa tête affaissée, ponctué d'une sorte de grognement.

Le Barnabé tourne un regard interrogateur vers le Léonard qui répond en haussant les épaules, en grimaçant de la bouche et en roulant des yeux comme des balles de ping-pong sous un seul sourcil froncé. Sa bouille est si expressive qu'aucune précision supplémentaire est nécessaire au frère aîné qui décode parfaitement : « Je ne sais pas ce qu'il a, moi, cet oiseau-là... Mais il a quelque chose, crois-moi !... Et du carabiné !... ».

La Lucienne s'assoit à table et tire un bol à elle. Le Léonard lui fait glisser un pot de miel ouvert d'où dépasse le manche d'une cuillère.
- Il n'y a pas de sucre ?
- Non. T'as qu'à sucrer au miel... Et pis d'abord, c'est meilleur.
- Ah ?... Meilleur ? ... Pourquoi ?...
- Parce que.

- Parce que quoi ?
- Parce que c'est meilleur et pis c'est tout... Conclut le Léonard. Je ne vais pas te faire un cours sur le miel à présent. Je n'en ai pas envie et ce n'est pas le moment. Mais dis-toi bien que si nous deux du Barnabé, on sucre au miel, c'est qu'on a nos raisons . Pas vrai, Barnabé ?
- Pour sûr... Acquiesce distraitement l'interpellé en tentant d'aménager une place sur l'évier encombré pour y déposer son panier de champignons.

La Lucienne verse donc une cuillerée de miel dans son café.
- N'aie pas peur d'en mettre deux, encourage le Léonard.

Les deux frères parlent sur un ton détaché. Pourtant la curiosité les dévore.

Le jeune garçon est toujours adossé au mur, le regard au niveau du bout de ses souliers. Sa mère brasse son café avec l'air d'être assise sur une corbeille de chardons.
- Tu bois un jus, jeune ? demande le Barnabé qui a enfin réussi à caser son panier dans le capharnaüm du tablard de l'évier. Comme ça, tu auras l'haleine bien parfumée, et pis tu auras moins de complexes à embrasser ton vieil oncle.

Le récipiendaire de l'invitation oscille mollement la tête de droite à gauche pour signifier son refus, toujours sans relever le nez.

Le Barnabé enchaîne :
- A moins que ce soit moi qui pue le bouc, peut-être, non?... Ou alors que je t'ai piqué ta

fiancée?... Non?... C'est pas ça non plus?... Alors c'est quoi?... T'as été malade en bagnole?...

Le Léonard rigole.

L'aîné poursuit sur le même ton.

- Si t'es venu jusqu'ici, c'est quand même pas pour y prendre des leçons de politesse. Parce que moi, je ne suis pas diplômé en la matière, et le Léonard non plus.

Ce rappel à l'ordre ne suscite pas plus de réaction que les tentatives précédentes.

Le Léonard ne dit rien. Il laisse la parole à son frère tout en observant le neveu.

Le Barnabé se tourne vers sa sœur visiblement gênée.

- C'est toi qui l'a élevé, ce chrétien-là ?... Et bin cré vain diou, je ne sais pas la méthode que tu as employée, ni ce que tu lui as fait, mais il n'a pas précisément l'air d'un joyeux drille, ton rejeton... Même avec un faux nez, il ne risque pas de supplanter Achille Zavatta dans le coeur des foules. Quant à la joie de revoir ses oncles, on ne peut pas dire qu'elle lui cause des débordements comparables avec le Carnaval de Rio.

La Lucienne pose son bol .

- Je vais vous expliquer.

- Et bin c'est loin d'être une mauvaise idée, ça... Parce que si on compte sur le neveu, on n'est pas couché, apparemment.

Le jeune Maxime soupire.

Il y a de tout, dans ce soupir.

D'ailleurs, avec un soupir, on peut exprimer des tas de choses mieux qu'avec des mots. Ca n'a l'air de rien, comme ça, un soupir… Mais la gamme de tonalités est extrêmement variée… On soupire de lassitude, d'énervement, de souffrance, de résignation, d'accablement, de bien-être...

Dans le soupir de leur neveu, des oreilles comme celles du Léonard et du Barnabé, habituées à écouter les murmures du vent dans les arbres, peuvent détecter toute la subtilité des expressions, du genre : « Lâchez-moi la grappe. »… « J'en ai rien à fiche de vos conneries. »… « Bandes de moules, vous ne comprenez rien à rien. »… « J'ai envie de me tirer de là. »… « Quand aurez-vous donc fini de m'emmerder ? »…« D'ailleurs, c'est moi qui vous emmerde. »…

- Mouais, bon… fait le Barnabé pour solde de tout compte.

La Lucienne toussote avec embarras.

- Bon, alors, voilà… On a des problèmes avec Maxou… commence-t-elle, en désignant son fils d'un signe de menton.

Elle s'interrompt pour regarder ses frères.

Ils n'ont pas d'autre réaction que de la fixer attentivement, sans dire un mot, chacun à son poste, derrière son bol. Comme le silence se prolonge, dans une atmosphère rythmée par le tic-tac de l'horloge, elle finit par lancer, accrocheuse :

- Eh bien ?… Vous ne me demandez pas de quoi il s'agit ?…

C'est le Barnabé qui répond.

- Tu es venue jusqu'ici avec ton petit pour jouer aux devinettes ?... Non ?... Alors continue...

Comme pour souligner cette courtoise invitation, le coq, que personne n'avait vu monter sur le rebord extérieur de la fenêtre ouverte, à cause des rideaux , lance un « cocorico ! » sonore, ponctué d'une fiente magistrale qui tombe pile dans un pot de géranium soustrait par les soins du Léonard aux rigueurs des gelées automnales.

La Lucienne sursaute !... On voit qu'elle n'a plus l'habitude de la ferme... Le dénommé Maxou a sursauté, lui aussi. Le coq a réussi là où tout le monde a échoué : il est parvenu à faire lever le nez du jeune garçon, qui tourne vers le volatile perturbateur un visage pâlot, aux joues creusées et au regard flétri par des cernes bien marqués.

Le Léonard et le Barnabé remarquent que leur neveu a bien changé. Ils ne font cependant aucun commentaire... Le jeune garçon a déjà rebaissé le nez.

On entend alors un gloussement provenir de la chambre voisine, celle du Barnabé, qui répond manifestement à l'appel du coq.

Le Barnabé se lève et disparaît dans la chambre. On entend des « Allez, ouste ! », «Psschchitt»... «C'est pas un nid, mon lit !.. Non mais sans blagues!... ». Le tout bien cadencé par de bruyants coup d'ailes et des caquètements indignés.

Le Léonard sourit et se lève pour ouvrir la fenêtre en grand. Une grosse poule rousse déboule de la chambre en trottinant, traverse la cuisine sans gène ni façons, prend son élan, saute sur la table, renverse le bol de la Lucienne dans un feu d'artifice de battements d'ailes, reprend son élan, et saute sur la fenêtre où le coq qu'elle n'avait pas vu derrière le rideau, l'agrippe au passage pour la trousser d'autorité sur la margelle.

Le Barnabé revient de sa chambre avec un œuf dans la main. Il le montre au Léonard :

- Je ne sais pas ce qu'elle a, celle-là, à pondre sur mon édredon… C'est pas la première fois… Bon, enfin… Bref. On en était où ?…

La Lucienne soupire, manifestement agacée par cet intermède imprévu. Le jeune, en revanche, a esquissé un sourire. Il jette même un regard torve sur l'œuf.

- On voit qu'il n'y a pas de femme pour faire le ménage, ici… remarque la Lucienne d'un air mi-figue mi-raisin. C'est la pagaille…

Pour toute réponse, le Barnabé regarde le plafond avec un haussement d'épaules qui en dit long sur les altitudes considérables auxquelles de telles remarques le survolent.

La Lucienne peut enfin reprendre le fil de ses explications.

- Donc, je vous disais que nous avons des problèmes avec Maxou. Il ne travaille pas à l'école, il est odieux avec son père et moi, et il nous donne beaucoup de soucis… Il n'a rien fichu l'année dernière en première. Cette année, il redouble, mais les résultats ne sont pas meilleurs… Son père a beaucoup de préoccupations dans son travail et il n'a donc pas besoin qu'on lui en apporte d'autres.. . Pour moi, c'est pareil… Ma vie professionnelle exige beaucoup… Je fais beaucoup de sacrifices, et je n'ai même pas la satisfaction de voir mon fils m'apporter de bons résultats scolaires.

Le Barnabé et le Léonard s'entreregardent sans rien dire, mais avec des expressions de visages sans aucun quiproquo possible. Il est manifeste qu'ils ne comprennent pas le rapport entre la venue de leur sœur et de leur neveu d'une part, et la situation que la Lucienne est en train de leur expliquer.

Elle marque un silence.

Le Barnabé laisse tomber, plus pour alléger le temps mort que pour approfondir la discussion.

- Mouais… Voilà qui est bien embêtant…

Le ton de la fin de la remarque est sans équivoque. Il faudrait être complètement bouché pour ne pas comprendre qu'en réalité, ça veut dire : « Et pis qu'est-ce que tu veux qu'on y fasse ? ».

La Lucienne semble prendre la mesure de la question , car elle enchaîne :

- Alors, comme nous avons tout essayé, j'ai pensé à vous.

- A nous ?…

- Oui… Vu que Maxou ne veut rien entendre et qu'aucun conseil ne semble efficace pour lui faire prendre de bonnes résolutions, je vous l'amène en pension.

Il faut voir les têtes des deux tontons !…

C'est le Barnabé qui se ressaisit le premier.

- Tu plaisantes ?…

- Pas le moins du monde.
- Et pis pourquoi tu nous l'amènes ?... Pour qu'on le soigne ?...
- Oh non, voyons... Je sais bien que vous n'êtes pas médecins... Et puis Maxou n'est pas malade... Non. Disons que c'est une sanction.
- Une sanction ? !...
- Oui. Tout à fait... Et une sanction bien méritée ! Quand il aura goûté à la dure réalité de la vie, il se décidera peut-être à travailler à l'école, pour avoir une belle situation dans le futur, comme ses parents. Il ne comprend pas que pour arriver où il en est, Albert a du travailler dur. C'est rageant, tout de même, pour nous ses parents, de constater que Maxou n'apprécie rien de tous les sacrifices que nous consentons pour lui.

Un nouveau silence plane.

Le Barnabé regarde le Léonard... Le Léonard regarde le Barnabé... Puis ils regardent le jeune garçon qui ne réagit toujours pas... Puis ils regardent sa mère... Puis ils se regardent à nouveau.

- Vous n'êtes pas d'accord ? s'inquiète la Lucienne.

C'est le Barnabé qui répond.

- Tu aurais quand même pu nous prévenir.
- Comment aurais-je pu ?... Vous n'avez pas le téléphone.
- Non, effectivement, nous n'avons pas le téléphone, et ça nous évite d'être dérangés pour des futilités. Mais tu aurais pu écrire.

- Nous sommes à une heure et demie de Lyon, tente de rétorquer la Lucienne... Alors, tu sais, le temps d'écrire une lettre et de l'envoyer…
- Mouais… grommelle le Barnabé. Donc, si je comprends bien, tu nous le laisses sur place, ton oiseau ?… Ta visite n'est ni plus ni moins qu'une livraison, n'est-ce pas ?… Alors, je me permets de te signaler que d'une part, on n'a rien commandé, et que d'autre part, ici, c'est pas un asile psychiatrique.

La Lucienne est sidérée.

Mais elle se ressaisit vite, pincée.

- Eh bien bravo pour ton esprit de famille !… Et merci pour ton accueil !… C'est fou ce que ça te fait plaisir de revoir ton neveu après si longtemps!… Et en plus, tu le traites de malade mental !…

A ces mots, le Léonard a comme un hoquet. Ses sourcils se mettent à faire des soubresauts comme deux chenilles poilues dansant la polka. Il semble vouloir répondre quelque chose, mais il se tait en regardant le Barnabé.

Un Barnabé qui plante son regard d'éléphant dans celui de sa sœur, et qui répond posément, en martelant ses syllabes.

- D'abord, au niveau de l'esprit de famille, on n'a pas de leçons à recevoir de quiconque, nous deux du Léonard. Je souhaite au monde entier de s'entendre aussi bien que nous. Tu as toujours été la bienvenue ici et tu le seras toujours.

Son pouce désigne le surnommé Maxou, sans le regarder, par dessus son épaule.
- Et l'autre trognu, là, aussi, d'ailleurs… Ca, c'est pour le premier point. Pour ce qui est de l'accueil, je te signale, si tu ne t'en es pas rendu compte, que je te considère ici comme chez toi, ce qui est d'ailleurs tout à fait normal, car tes parents étaient aussi les miens. Quant au plaisir de voir mon neveu, il me semble, comme ça, au premier abord, que nos retrouvailles ne lui inspirent pas spécialement une joie débordante. Et je me permets de suggérer au passage, que, si je ne l'ai pas vu depuis si longtemps, c'est probablement à cause des innombrables paires de pneus que tu as usées pour venir nous voir pendant toutes ces années… Non ?.. Et enfin, quand je parle d'asile psychiatrique, c'est tout à fait légitime, parce que ton gamin, il a l'air d'être aussi bien dans sa peau qu'un kangourou dans un scaphandre de plongée.

La Lucienne, qui a encaissé la tirade sans rien dire, tente une riposte sur la dernière phrase.
- De quel droit affirmes-tu que Maxou a des problèmes psychologiques ?

Le Barnabé a une moue qui fait onduler sa moustache.
- Ton gamin, depuis qu'il est là, il n'en a pas décroché une… A se demander si même avec un démonte-pneu, on arriverait à lui extirper une seule syllabe.

Il ricane.

- Ca, c'est incontestablement un signe de bien-être intérieur. Pardon de ne pas l'avoir remarqué !... Quant à ses « problèmes psychologiques », comme tu dis, il me semble bien qu'entre les euh... problèmes professionnels de son père, et les euh... problèmes professionnels de sa mère, il ne reste pas beaucoup de place pour ses problèmes à lui, chez vous, à ce pauvre gamin !...

La Lucienne se cabre.

- Non mais dis carrément que c'est à cause d'Albert et moi que Maxou a des problèmes !...

- Je vais même plus loin que ça, répond le Barnabé avec une placidité pachydermique. Ca crève les yeux que les problèmes, c'est vous qui les avez, avec l'Albert... Et votre gamin, il ne fait que les prendre sur le coin de la figure, vos problèmes... Et si tu nous l'amènes, ton gamin, c'est que tu ne veux pas les regarder en face, tes problèmes.

La Lucienne est devenue rouge comme une pivoine.

Le Barnabé place l'estocade.

- Les enfants ont besoin d'être élevés. Nos parents ont pris le temps de nous élever. Pas seulement de nous nourrir. S'il suffisait aux parents de travailler chacun de son côté et de s'investir chacun dans son boulot pour élever leurs enfants, ça se saurait. Ton gosse, il manque d'amour, voilà. Et toutes les frusques, tous les cadeaux et tous les falbalas matériels que tu peux lui payer avec les sous que tu gagnes dans ton travail n'y changeront rien. Voilà.

Le jeune garçon a relevé le visage. Il regarde le Barnabé d'un drôle d'air.

Sa mère, elle, semble sur le point d'étouffer. Elle parvient à avaler une grande goulée d'air, puis elle se tourne vers son fils.

- Viens, Maxou... On rentre à la maison. Je me suis trompée... Tes oncles sont deux vieux garçons... Ils ne peuvent pas comprendre les problèmes d'une mère... J'aurais du m'attendre à une telle réaction de leur part.

Le jeune garçon répond à sa mère.

C'est la première fois qu'il parle.

- M'man... Je voudrais bien rester ici.

La Lucienne est si stupéfaite qu'elle en reste clouée sur place, les yeux ronds.

Le neveu se tourne vers ses oncles. Il a un air sincèrement navré.

- Je vous demande pardon pour mon impolitesse... Si vous voulez, je veux bien rester quelques jours avec vous. Ca me rappellera quand j'étais petit.

Les trois adultes sont sidérés. Personne ne s'attendait à ça.

Le Barnabé est le premier à réagir.

- Bien sûr que tu peux rester quelques jours, mon gars... Et même plus, si ta mère est d'accord.

Tous les regards se tournent vers la Lucienne. Elle est désarçonnée.

- Comment ça?!... Mais au départ, c'était une punition, de venir chez tes oncles. Ce n'était pas des vacances!... Tu ne voulais pas venir quand je voulais t'y emmener, et maintenant que je ne veux

plus que tu restes, toi tu veux rester!... Remarque que c'est bien dans la ligne que tu tiens vis-à-vis de tes parents depuis déjà longtemps.
- Ses derniers mots se noient. Sa gorge se serre. Elle éclate en sanglots.

Le Barnabé et le Léonard s'empressent autour de leur sœur pour la consoler.
- Allons, allons... Ne te mets pas dans ces états... dit l'aîné d'une voix paternelle. Tu voulais qu'on le garde, ton gamin... Et bin on va le garder.

*

III

La Lucienne est repartie vers ses responsabilités, son travail, et sa vie active. Elle a laissé son rejeton à la combe de Pierroche, entre les mains de ses deux oncles.

Il y a du changement dans la vie du jeune garçon. On ne l'appelle plus « Maxou » mais « Max ». Le Léonard a même précisé qu'un prénom de baptême, ce n'est pas fait pour être estropié, et encore moins ridiculisé.

- Pourquoi pas Maxette, pendant qu'on y est?... Ou Maxignon, ou Mimi-Maxi, ou que sais-je encore?... On peut en enlever un bout, à la rigueur... Ca peut faire plus viril, j'en conviens. Mais rajouter certaines syllabes, ça donne un air de petite follette...

A la maison, on lui a attribué la chambre d'amis. Du moins celle qui est désignée comme telle. Pour que le jeune homme puisse y installer ses pénates, un ménage sommaire s'est imposé. Il a fallu déménager les ruches vides, les cageots, les pots, le parasol, la tronçonneuse, les bidons, l'alambic, le vélo, le vieux poste de radio gros comme un juke-box, les boîtes vides qui servent au Léonard pour les papillons, deux énormes cantines portant l'inscription « Matériel Scientifique », plusieurs cubitainers à vin vides…

- Tu comprends, a sobrement expliqué le Léonard… Vous venez tellement souvent, vous autres, qu'on finit par oublier que vous pouvez venir. Alors, dans la chambres d'amis, on laisse distraitement traîner quelques bricoles…

Une fois débarrassée, elle a belle allure cette chambre, avec son grand lit ancien aux boiseries de noyer, son armoire de même facture, et ses tables de nuit lourdes comme des coffres forts.

Maxime y a pris facilement ses marques. Il aime beaucoup son nouveau domaine où règnent des odeurs de vieux bois cirés, de miel, de draps pliés dans l'armoire de noyer. Le jeune garçon découvre qu'une pile de vieux draps bien propres dans un meuble en bois ne sent pas du tout pareil que des draps neufs rangés dans un placard de formica.

*

La matinée consacrée à l'installation de Max passe vite.

- On va boire un coup pendant que le Léonard nous prépare le dîner, décrète le Barnabé en apportant deux bouteilles sur la table. Tu veux du rouge, ou du blanc ?

Max ouvre de grands yeux.

- Tu me laisses boire de l'alcool, tonton ?
- Bien sûr que non, répond le Barnabé.
- Attends… Là, je ne comprends pas…

C'est au tour du Barnabé d'avoir l'air ahuri.
- Comprendre quoi ?... Il n'y a rien à comprendre. Je ne vais quand même pas proposer de l'alcool à un petit morveux qui tête encore presque sa mère, alors que moi-même, je n'en bois jamais.
La tête de Max est indescriptible.
- Mais... mais... euh... excuse-moi... J'avais cru comprendre que...
- Que quoi ?
- Que tu m'as proposé de boire du vin.
- Bin oui !... Et pis après ?
- Mais... euh... le vin, c'est de l'alcool, non ?
- Pas du tout.
- Ah ? !...
- Non.
- C'est quoi, alors ?
- C'est du vin.
Le jeune garçon tente de contrôler son incompréhension derrière un sourire poli.
- Tu peux m'expliquer, tonton ?... Parce que là, il y a un passage que je ne comprends pas...
Le Barnabé dévisage Max en soupirant.
- Oui... Bien sûr... Tu n'es pas responsable de ton ignorance... Bon. Alors écoute bien. C'est simple. Il faut faire la différence entre le vin et les alcools distillés. Dans le vin, du moins dans ce que j'appelle du vin, l'alcool contenu résulte d'une transformation naturelle du raisin et de son jus... Un jus que les racines sont allées puiser dans les profondeurs du sol. Ce que tu bois, quand tu déguste un verre de vin, vient du sein de la terre

nourricière. Cette terre qui nous prodigue toutes les bonnes choses que contient le pinard, et qui sont nécessaires à la santé. L'alcool distillé, c'est pas du tout pareil. Pour l'obtenir, l'homme se livre à des opérations qui s'apparentent plus à la chimie qu'à l'agriculture. Il existe des eaux de vie excellentes. Mais en aucun cas, elles peuvent être comparées à du pinard. Elles doivent se déguster en quantité très mesurées, comme toute précieuse chose.

Encouragé par l'attention que lui manifeste son neveu, le Barnabé poursuit son exposé.

- Boire du vin est excellent pour la santé. C'est l'abus qui est mauvais. C'est l'abus des bonnes choses qui rend malade, que ce soit le sucre, le chocolat, la viande, le beurre et même le pinard. Ils me font pleurer de rire, ces espèces de diététiciens-écolos qui, sous prétexte de vivre sainement, froncent les narines devant une bonne bouteille de pinard. Surtout qu'à côté de ça, ils vont avaler des tas de trucs pleins de saloperies chimiques, qui ont d'après eux toutes les vertus parce que, sur les étiquettes, c'est marqué «conforme à la législation».

Le vieux s'anime. Sa voix s'enfle un peu. Mais un bon sourire éteint vite ce début d'incendie.

- Aimer le vin, c'est comme aimer quelqu'un… On n'abuse pas de quelqu'un qu'on aime. Alors, aimer le vin, c'est d'abord ne pas en abuser, tu crois pas?…

Le jeune acquiesce.

Le vieux reprend.

- Et pis tu vois, j'irais même plus loin. Pour lutter efficacement contre l'alcoolisme, si j'étais à la place des pierrots lunaires qui prétendent nous gouverner, je mettrais au programme des lycées, des cours d'œnologie pour apprendre aux gamins à connaître et à apprécier le vin. Leur faire découvrir ce qu'est un cépage, un terroir, un arôme… Enfin, bref, ce que c'est que du pinard, quoi… Et tu sais, quand on s'y connaît un peu dans les vins, on n'a pas envie de se shooter avec n'importe quoi. On a même pas envie de se cuiter du tout… Ceux qui aiment se cuiter ou se shooter ne sont que des barbares ignorants, même s'ils n'en ont pas forcément l'apparence.

Le regard éléphantin du Barnabé devient altier lorsqu'il se plante dans celui de Max pour demander d'une voix sans appel :

- Alors, nous disions donc, rouge ou blanc ?

Le jeune garçon a un petit sourire pour répondre fort civilement :

- Que me conseilles-tu, tonton ?…

Le Barnabé marque un temps pour apprécier la repartie. Il est manifestement content de ne pas avoir prêché dans le désert.

- On va boire un petit blanc, décrète-t-il, doctoral. Tu vas m'en dire des nouvelles. Bien sûr, à hautes doses, c'est un breuvage qui risquerait de t'attaquer les cellules grises pire que des enzymes gloutons, mais pris modérément, il est très bon pour les reins.

- Ah ?…

- Mais oui. D'ailleurs, tu vas voir comme il fait pisser...
- Affairé aux fourneaux, le Léonard, qui n'a pas bronché pendant toute la brillante démonstration de son aîné, se manifeste sans lever le nez de ses préparatifs :
- Sers moi-z-en un p'tit aussi...

C'est le Barnabé qui fait le service.

Et Max peut constater la rigueur du langage de son oncle : boire un coup, c'est boire un coup. Et pas deux.

Une fois les trois verres emplis un peu plus haut que la moitié, la bouteille de blanc retourne au frais, d'où on ne la ressortira que le soir, ou même le lendemain à midi.

*

Max est heureux de trinquer avec ses oncles.

Le gamin revêche et renfrogné qui est arrivé quelques heures plus tôt est transfiguré. Il sourit souvent, pose des questions, écoute les réponses avec attention. Les tontons ont l'air de trouver sa compagnie agréable. Ils se montrent eux-mêmes pleins de gentillesse vis-à-vis de leur neveu.

Le Léonard ne peut s'empêcher de remarquer, en se caressant la calvitie d'une main nostalgique :

- Quelle belle chevelure tu as!... C'est marrant, quand tu es arrivé tout à l'heure, et que tu faisais la trogne, tes longs tifs te donnaient un air plutôt voyou. Mais maintenant que tu as pris des expressions plus chrétiennes, il faut reconnaître que ta tignasse ne manque pas d'une certaine allure.

Max sourit de toutes ses dents.

C'est vrai qu'il est beau garçon, avec ses boucles brunes qui ondulent jusque dans son cou, et ses yeux de la même teinte qui brillent dans un visage aux traits fins. Il est plutôt mince, Max... Ses prochains dix-huit ans n'ont pas encore fait de lui un colosse musculeux, mais ses mouvements trahissent une énergie nerveuse qui ne demande qu'à se traduire en quelques centimètres supplémentaires au niveau des biceps.

On trinque.

- A ton séjour parmi nous, souhaite le Barnabé.

- Merci, répond simplement Max en regardant les verres qui s'entrechoquent.

- C'est pas comme ça qu'on trinque... fait le Léonard sur un ton professoral. On regarde toujours dans les yeux celui avec qui on heurte son verre. Et pis on donne un coup de bouc en même temps. Comme ça. Regarde.

Le Léonard, solennel, plante ses yeux dans ceux du jeune, tend son verre d'un bras précis, et exécute une virgule de menton très militaire.

- Vu ?... A toi, maintenant.

Amusé, Max s'exécute.

- C'est bon, apprécie le Léonard. A présent tu sais trinquer comme un homme normal. Vois-tu, il faut toujours regarder en face la personne avec qui tu bois un verre. C'est pas rien, de boire un verre avec quelqu'un, nom d'un bombyx !...

On boit.

Les deux vieux font siffler le vin en aspirations glouglouteuses, entre leurs dents, leur langue, leurs joues et leur palais...Le bruit rappelle celui d'une pompe en cours de désamorçage.

Le jeune les considère d'un air stupéfait qui veut dire : « Eh bin... C'était bien la peine de me donner une leçon de savoir-vivre, alors que vous buvez comme des siphons qui ont une fuite. Et pas une petite. »

Son expression de visage n'échappe pas au Barnabé qui précise, après avoir avalé sa gorgée :

- Voui... Bien sûr, ce n'est apparemment pas très distingué, mais ça ne peut tromper que les ignares. Cette façon est la meilleure pour profiter pleinement des arômes et des parfums du vin, en l'oxygénant directement sur tes papilles. Essaie donc... Et n'aie pas peur de paraître impoli. Si tu fais ça devant un grand sommelier, il verra tout de suite que tu t'y connais.

Le jeune s'exécute à nouveau, amusé par cette leçon inattendue.

- Plus fort, conseille le Léonard. Ca gargouillonne pas assez.

Max redouble d'efforts.

- Voilà!... félicite le Léonard. Tu dois lui sentir les effluves, ce coup-ci, à ce sacré pinard.

- C'est vrai, s'émerveille Max, sous le charme. Son goût est nettement plus précis, en faisant comme ça...

- Et bin voilà… triomphe dignement le Léonard. Tu apprends vite. A l'école, tu dois être un élève doué. Je ne comprends pas pourquoi ta mère à l'air de dire qu'on ne peut rien tirer de toi.

Un silence ponctue.

C'est la première question que les oncles posent à leur neveu. D'ailleurs, elle n'est même pas posée, cette question. Elle est seulement formulée indirectement sous forme de remarque.

Le Léonard garde un air malicieusement innocent, sous sa calvitie. Le Barnabé lisse sa moustache comme pour la débarrasser d'une goutte de vin blanc y restant accrochée, mais son œil d'éléphant qui pétille de curiosité, dément cette apparente nonchalance.

Max voit bien que ses oncles attendent une réponse. Le silence est si pesant que le tic-tac de l'horloge comtoise s'entend comme un marteau sur une enclume.

Seuls, le chien et la chatte, qui dorment dans leur position favorite, la plus petite roulée entre les pattes du plus gros, ne semblent pas porter attention à la conversation.

Les vieux attendent.

Max sait qu'il ne peut faire autrement que de dire quelque chose.

Il se décide avec l'enthousiasme d'un fonctionnaire enseignant de l'éducation nationale à qui on demande d'aller casser un stère de bois à la hache.

- Oh, moi, vous savez… Je ne suis pas un élève très brillant, confie-t-il en faisant décrire à sa paume de main tournée vers le bas quelques incertaines oscillations.

Il se tait après cette première déclaration.

Après un échange de regard avec son frère, le Barnabé laisse tomber, d'un air détaché :

- Ca, on s'en doute un peu, vu la façon dont ta mère a l'air satisfaite de toi. Mais là n'est pas la question.

- Ah ?… Fait le jeune garçon, manifestement étonné par la remarque. Pourtant, d'après mes parents, elle est justement là et pas ailleurs.

Le Barnabé fait une moue indulgente, derrière ses moustaches.

- La vraie question, c'est de savoir pourquoi tu n'as pas de bons résultats. Si tu n'es pas fait pour les études, tu pourras faire tout ce que tu voudras, tu ne seras jamais major à polytechnique. Si tu as des possibilités mais que tu n'en fiches pas la rame, ton score sera en principe à peu près le même. Donc, de deux choses l'une : ou tu es un nul et on ne peut rien pour toi, à part t'inscrire au fond de solidarité, ou tu n'en es pas un et il faut trouver pourquoi tes résultats scolaires bénéficient principalement au pharmacien qui vend des tranquillisants à ta mère.

- C'est très simple, soupire Max d'une voix lasse. Le Lycée m'ennuie à un point que vous ne pouvez pas imaginer, c'est tout… Vous voyez, ce n'est pas la peine d'aller chercher midi à quatorze heures, ni de péter un plomb pour ça…

Les deux oncles ont curieusement le même petit pli au coin de l'œil.

Le Barnabé continue sur le même ton malicieux.

- Et tu es sûr qu'il n'y a que le lycée, qui t'ennuie?

Max est mis en confiance.

- Bin non… Il y a aussi mes vieux.

Les tontons froncent les sourcils en même temps.

Le jeune se reprend.

- Euh… pardon … je veux dire mes parents.

- Mouais… On avait cru comprendre… Et c'est tout ?

Max soupire…

- Pfffff… Le monde entier me dégoûte, par moments. Je ne me sens vraiment pas bien dans cet univers, où je vois les adultes, dont je fais quasiment partie maintenant, marcher à côté de leurs baskets. En fait, je n'ai pas du tout envie de rentrer dans ce monde-là…

Max soupire et se tait.

Le Barnabé soupire aussi, mais pas sur le même registre.

- Je vois, je vois… En somme, tu n'aimes ni les études, ni le travail, ni tes parents, ni tout le monde, quoi?…

Le Léonard suit la conversation sans mot dire, en se contentant de dévisager tour à tour les interlocuteurs chaque fois qu'ils prennent la parole.

Le jeune tente de se défendre.

- Pas du tout.

- Comment ça, pas du tout?… Mais bien sûr que si!

- Mais non. J'aime des tas de choses, au contraire.

- Ah bon ?… Et quoi donc, par exemple ?…
- Eh bien tout simplement faire des choses qui me plaisent.
- Et qu'est-ce qui te plairait donc ?
- Eh bien déjà avoir la possibilité de ne pas faire ce qui ne me plaît pas.

Un peu désarmé, le Barnabé esquisse un sourire qui se veut débonnaire, derrière sa broussailleuse moustache.

Le Léonard se tient la calvitie à deux mains, comme s'il sentait le plafond sur le point de lui tomber sur la tête.

Le chien baille, en prenant soin de ne pas troubler le sommeil de la chatte, qui occupe sa position favorite, entre les pattes de son copain. Elle étire paresseusement le bout de ses griffes, sans daigner relever le museau, ni même entrouvrir une paupière.

Le Barnabé reprend.

- Mouais… C'est une façon de concevoir la vie… Mais je peux te faire remarquer que, pour parvenir à pouvoir faire ce qu'on aime, il faut savoir consentir à faire aussi ce qu'on aime moins… Dans la vie, on est beaucoup plus souvent amené à accomplir les choses par nécessité plutôt que par plaisir. Tu vois, si tant de gens sont mal dans leur peau, aujourd'hui, c'est qu'ils passent leur temps à travailler dans un domaine qui ne leur plaît pas. Le travail professionnel est bien souvent une corvée pour celui qui l'exécute. Les gens qui

s'épanouissent dans leur vie professionnelle sont de plus en plus rares.
- J'ai bien conscience de tout cela, tonton… C'est bien pour ça que cette société ne m'attire pas du tout. Si c'est tout ce que la génération de mes parents et de vous-mêmes a été capable de transmettre à la mienne, il n'y a pas de quoi être fier, ni de quoi s'arroger le droit de me donner des leçons.
- Admettons que tu as raison, mon p'tit gars… En ce cas, il faut aller jusqu'au bout de tes positions et tout refuser de la société. Parce que des gens comme toi, qui refusent l'ordre établi, il y en a plein les rues. Seulement, quand un truc les arrange, dans le dit ordre établi, ils ne le refusent pas. Refuser la société, pour ces gens-là, consiste surtout à refuser ce qui les embête et à profiter de ce qui les arrange. J'en conclu logiquement qu'ils sont encore plus pourris que la société qu'ils condamnent. Si tu fais vraiment partie de cette catégorie, hélas de plus en plus importante, je crains qu'on n'ait pas grand chose à se dire, mon p'tit gars.
- C'est vrai, tonton, tu as raison… Mais moi, je ne cherche pas à profiter de la société. J'aimerais simplement qu'elle m'offre une vraie chance.
- Ta chance, c'est à toi de la tenter. Et pour ça, il faut que tu t'en donnes les moyens toi-même. Il y a des choses, dans la vie, qu'on ne peut attendre de personne d'autre que de soi-même. Ceci dit, il est vrai que les jeunes comme toi ne sont pas responsables de l'état du monde dont ils héritent.

Tu as entièrement raison quand tu dis que c'est ma génération qui est responsable de l'héritage que la tienne recueille. Et rien ne m'agace plus que d'entendre des crétins, de cinquante ans et plus, critiquer la jeunesse, alors qu'on n'a même pas été foutu de leur léguer un monde qui tourne rond.

Max regarde son oncle bien en face, sans répondre. Son visage exprime une sorte d'agréable surprise. Manifestement, le courant passe.

Le Léonard intervient enfin, avec une solennité ministérielle.

- Messieurs, le débat auquel j'ai l'honneur d'assister est sans nul doute d'une très haute teneur. Cependant, j'ai le devoir de vous rappeler que non seulement le repas est prêt, mais qu'en plus, j'ai faim. Sans compter qu'il doit très certainement en être de même pour vous.

*

Max s'est spontanément assis devant son assiette, à la place que lui a désignée le Léonard. Pourtant, constatant que ses oncles restent debout derrière le dossier de leur chaise, il se relève.

C'est précisément ce qu'attendait le Barnabé pour réciter l'Angélus, en réponse avec son frère. Le jeune garçon ne dit mot. Il se contente d'observer une attitude respectueuse et de se signer à la fin de la prière. Lorsque ses oncles s'attablent, il fait de même en murmurant :

- Pardon de m'être assis d'abord. J'avais oublié qu'ici, on dit la prière avant de se mettre à table.

Le Barnabé sourit avec indulgence.

- C'est parce qu'on ne te voit plus. Si tu venais plus souvent, t'aurais pas oublié… Mais, dis moi, il ne m'a pas semblé que tu récitais avec nous ?…

Il n'y a aucun reproche dans la remarque. Seulement un peu de surprise.

- Bin… euh… à vrai dire, je n'ai pas l'habitude.
- Pourquoi ?… On ne la dit donc pas, chez vous, la prière ?…
- Bin non… Tu sais, mon père, il n'est pas tellement catho…
- Oh, ça, j'y sais bien… dit le Barnabé. Mais ici, si tu as envie de la dire avec nous, faut pas te gêner, au contraire…
- Ca ne me gêne pas du tout, indique Max… Seulement… euh… je ne me rappelle plus bien des paroles…

Les tontons se regardent. Il y a quelque chose de triste dans leurs yeux.

Finalement, c'est le Léonard qui commente avec sa philosophie coutumière :

- Ca, c'est un lumineux exemple du résultat de l'évolution culturelle et spirituelle de notre société. Ta grand-mère disait un rosaire entier tous les jours, et pis toi tu ne sais même pas réciter un Avé…

Le jeune ne sait que dire.

Et le Léonard conclut.

- Mais ne t'en fais pas, mon p'tit gars... C'est pas rien que de ta faute... T'es bien obligé de faire avec ce qu'on te donne...

*

Max s'est régalé.

La cuisine du Léonard est tout en saveurs... Il faut dire qu'entre les légumes du jardin, les champignons de la forêt, les gibiers du cru, les herbes de rocailles, le fromage de chèvre et le capiteux vin d'Ardèche que les oncles se font livrer par cubis de cent litres pour l'embouteiller eux-mêmes, il y a de quoi faire pâlir un restaurant gastronomique.

Le maître-queux est heureux de voir son neveu s'en mettre jusque là... Et il l'est encore plus lorsque Max le félicite avec chaleur, même s'il affecte d'accueillir les compliments avec une modestie distraite, en ne pouvant toutefois empêcher sa calvitie de rosir imperceptiblement.

- Moui... ça doit te changer de la pitance cellophanée, aseptisée et dératisée que vous avez l'habitude de consommer chez les électrifiés.

Le jeune garçon sourit.

Il se sent bien chez les tontons.

Et il se dit que pour une fois, sa mère a eu une riche idée, même si on est bien loin du but punitif, dans lequel elle l'a exilé ici.

*

A la fin du repas, on débarrasse la table. Max participe, en omettant de signaler que chez ses parents, il n'a pas souvent daigné exécuter ce genre de besogne.
- Si tu veux aller faire une petite sieste, ne te gêne pas... invite le Barnabé en bourrant sa première pipe de la journée. Nous deux du Léonard, on a l'habitude de faire un petit roupillon réparateur d'une vingtaine de minutes...

Il allume sa pipe en murmurant :
- Mais c'est vrai que toi, tu es jeune... Je ne me souviens pas que je faisais la sieste, à ton âge...
- Tu fumes beaucoup? questionne le jeune en guise de réponse.
- Boh... non... Une pipe par jour... Des fois deux... Tu vois, j'aime bien tirer quelques bouffées après le repas. Après, je la laisse s'éteindre... Et pis je la rallume des fois dans l'après- midi sans même la rebourrer.
- Tu avales la fumée?

Les yeux d'éléphant du Barnabé s'arrondissent au milieu de leur fouillis de rides.
- Malheureux!... Ne sais-tu pas qu'un vrai fumeur de pipe n'avale jamais la fumée?...
- Bin, non...
- Ah?... Et bin je te dis, moi qui fume la pipe depuis un demi-siècle, que je n'ai jamais avalé la fumée. Même que si j'en aspire un goulée par inadvertance, ça me fait tousser.

- Ah… Alors, tu ne fumes pas de cigarettes non plus ?..
- Bien sûr que non. Le Léonard non plus, d'ailleurs…
- Alors, qu'est-ce que ça t'apporte, de fumer sans avaler la fumée?… Autant ne pas fumer du tout.

Le Barnabé sourit avant de répondre. Le Léonard qui suit la conversation, ne peut retenir une sorte de ricanement.

- Tout simplement pour jouir des bienfaits du tabac sans en subir les dangers.

C'est au tour de Max d'arrondir les yeux.

- Ah?… Parce que le tabac a des bienfaits?
- Bien sûr. Les arômes du tabac ont des vertus calmantes qui favorisent la digestion, la détente, et même la réflexion. Il n'est pas besoin d'avaler la fumée pour profiter de ces arômes… Avaler la fumée, ça ne sert qu'à t'intoxiquer, à goudronner tes bronches, à boucaner tes coronaires et à te mitonner un bon petit cancer de derrière les fagots… Et pis, quand tu n'avales pas, tu n'es jamais en manque, et tu peux observer des jours d'abstinence sans tourner en rond comme les accros du tabac dès qu'on les laisse une heure sans clope. S'allumer une pipe doit être un plaisir raffiné, et non une réponse à la demande d'un organisme en manque. Ce plaisir, le fumeur accoutumé le perd forcément au profit de la frustration lorsqu'il est privé. Nous deux du Léonard, on peut rester sans fumer le temps qu'on veut. Ca ne nous demande pas… Pas vrai Léo?..

- Pour sûr… répond l'interpellé en allumant sa bouffarde à son tour.

Le jeune a suivi l'explication sans mot dire, avec un regard tantôt posé sur ses oncles, tantôt dans le vague.

- Bon… je vais faire une petite sieste, annonce le Barnabé en se levant.

- Moi pas, dit le Léonard. Je vais profiter du temps sec pour arracher les derniers choux raves.

- Tu veux que je t'aide ?… propose spontanément Max.

- Tu es bien gentil… Mais ce n'est pas la peine. Il y en reste une trentaine, tout au plus… Ca doit représenter deux malheureux cageots… J'ai rentré les autres l'autre jour. Et pis de toutes façons, maintenant, je les arrache seulement. On les rentrera ce soir.

- Alors dans ce cas, je vais aller faire une petite sieste, moi aussi… Cette nuit, je n'ai presque pas dormi, et ce matin, je me suis levé tôt…

- Fais comme tu veux, mon p'tit gars… Ici, tu es chez toi, conclut le Léonard en baissant la voix pour ne pas déranger son frère qui doit déjà être allongé sur son lit, dans la pièce à côté.

Max sourit en s'apprêtant à sortir.

- Pourquoi tu rigoles ?… s'enquiert le Léonard à mi-voix.

- Parce que je m'attendais à voir surgir une poule de la chambre du tonton, comme ce matin… chuchote Max.

Le Léonard reste sérieux comme un notaire.

- S'il y avait un œuf sur son lit, j'espère qu'il l'a enlevé avant de se coucher, parce que sinon…

*

IV

Le bruit de la porte qui s'ouvre fait sursauter Max allongé sur son lit. Le jeune garçon se dresse vivement sur un coude.

Le chien vient poser sa tête hirsute sur le couvre-lit et le regarde avec des yeux implorants, comme pour demander : « Est-ce que je peux venir me coucher avec toi ? »

A la façon dont il remue la queue et plie les pattes de derrière, on voit bien qu'il est sur le point de passer à l'action, même sans invitation expresse.

Max lui gratte le crâne.

- Eh bien, tu es malin, toi... mais tu n'es pas très poli. C'est bien de savoir ouvrir les portes, surtout pour un chien, mais c'est beaucoup moins bien de rentrer chez les gens sans frapper.

La tête du Barnabé passe dans l'entrebâillement de la porte.

- Veux-tu venir ici, espèce de camp-volant!... lance-t-il à l'adresse du chien. C'est malin! voilà que tu as réveillé Max, à présent... Excuse-nous, Max... on aurait du le surveiller mieux que ça.

Le jeune garçon quitte son lit pour venir à la rencontre de son oncle avec un drôle de sourire.

- Il n'y a pas de mal, assure-t-il… Ce n'est tout de même pas de votre faute si le chien s'est introduit ici. Et d'abord, il ne me dérange pas…
- Un petit peu quand même… Nous, on sait que Monsieur ouvre les portes, alors on aurait du se méfier.
- Sois tranquille, tonton… le chien ne me dérange pas du tout, réaffirme Max en se plantant sur le pas de la porte, comme s'il voulait barrer le passage.

Voilà que la figure du Barnabé change d'expression. Ses sourcils se froncent. Ses yeux d'éléphant brillent plus fort. Puis ils s'écarquillent, avant de se plisser…

Le vieux renifle quatre ou cinq fois en tournant son nez moustachu à droite et à gauche, tout en lorgnant vers la fenêtre ouverte. Ce ne sont pas des reniflements d'un enrhumé mal élevé, non… Ca ressemblerait plutôt à ceux d'un fox sur la voie d'un renard.

Il regarde Max bien en face.

Le jeune ne cille pas.

Un silence.

Les yeux dans les yeux avec son neveu, le Barnabé, calme comme un chêne, demande sur un ton détaché.
- Ca fait longtemps que tu fumes des pétards ?

Le silence est devenu sépulcral.

Max ne répond pas tout de suite. Sa glotte effectue deux ou trois montées et descentes.
- Bin, euh… finit-il par articuler.

- Bin euh quoi?… fait le Barnabé imperturbable. On dirait que tu es surpris par ma question. Pourtant, ne crois-tu pas que ce serait plutôt à moi d'être surpris, hein?…

Il n'y a pas le moindre indice d'agressivité, dans la voix de l'oncle. Seulement du fatalisme.

- Je… euh… je ne fume pas beaucoup, tu sais… Seulement avec les copains, de temps en temps…
- Ah?… Fait le vieux en regardant à droite et à gauche d'un air étonné… Pourtant je ne vois pas de copains, par ici...

Max essaie de se ressaisir, à travers la brume qui euphorise son esprit. Son oncle l'a complètement pris de court.

- Hum… soupire le Barnabé. On reprendra cette conversation plus tard, quand tu auras les idées nettes.
- Mais qu'est-ce que tu veux dire, à la fin, tonton?… s'insurge le jeune garçon. Elles sont nettes, mes idées.

Derrière ses moustaches, le vieux fait une moue triste, qui plisse ses joues ridées.

- Mouais… Elles sont aussi nettes que le blanc de tes yeux.
- Eh bin quoi?… Qu'est-ce qu'ils ont, mes yeux?
- Ils ont qu'ils sont aussi rouges que ceux d'un lapin russe, mon p'tit gars.
- Et alors ?… C'est normal. Je n'ai pas dormi cette nuit.

Le Barnabé hoche la tête.

- Bin voyons… Et cette odeur, que dans mon ignorance, j'ai pris pour du stick, c'est sans doute une nouvelle eau de toilette écologique, que nous, dans notre trou, nous n'avons pas eu encore le loisir d'apprécier, hein?… C'est ça?… Bon… Et bin mon p'tit gars, nous reprendrons cette conversation un peu plus tard, quand tes yeux seront redevenus limpides, et que ton eau de toilette n'aura plus d'effets secondaires, d'accord ?

Sans attendre de réponse, le Barnabé sort dans le couloir et se dirige vers l'escalier qui descend au rez de chaussée.

Max rattrape son oncle et lui prend le bras.

- Attends, tonton… je peux tout t'expliquer.
- Ce n'est pas la peine maintenant, dit le vieux avec une bienveillance inattendue…Ce que tu veux me dire est important sans doute, et moi je veux bien écouter pour essayer de comprendre… Pour comprendre, il faut que j'aie le moins d'incertitude possible. C'est pour ça que je préfère attendre, et discuter avec un p'tit gars en pleine possession de ses moyens intellectuels, plutôt que de me farcir les élucubrations d'une espèce de zombie qui ne sait pas ce qu'il raconte.
- Je suis un zombie ?… Moi ?… s'exclame Max en se tenant la poitrine à deux mains.

Le Barnabé ne répond pas.

Il disparaît dans l'escalier.

Max retourne dans sa chambre.

Le chien, qui a profité de la situation pour s'installer sur le lit, remue la queue en voyant revenir le jeune garçon. Il semble dire :
- Viens donc jouer avec moi, au lieu de faire cette tête-là.

Mais Max ne le regarde même pas. Il s'assoit sur le bord du lit et cache son visage dans ses mains.

*

L'après-midi s'avance.

La forêt flamboie sous le ciel bleu clair, dans son automnal habit de lumière.

A l'abri des rigueurs du septentrion, la combe de Pierroche jouit, à l'automne, d'une douceur qui fait défaut à d'autres secteurs de la montagne.

Le vent qui souffle, là-haut sur les crêtes, égrappe les arbres en écharpes tourbillonnantes de feuilles mortes qui virevoltent en bruissant. Mais il ne parvient pas à perturber le fond de la combe.

Le Barnabé réfléchit.

L'arrivée imprévue de son neveu lui a brutalement planté en pleine face une réalité dont il était certes déjà conscient, mais dont il était toujours parvenu à se protéger.

Il faut bien reconnaître qu'à la combe, les conditions de vie ne sont pas précisément celles qui caractérisent la société de consommation.

Entre la vie de la terre et des bois, dont ils sont acteurs à part entière, les études astronomiques, les activités entomologistes et les approfondissements spirituels auxquels ils s'adonnent, les deux frères mènent une vie studieuse de réflexions et de travaux manuels, qui, si elle leur ouvre des espaces de connaissances insoupçonnées, les isole aussi moins du monde. Un monde dont ils n'ignorent rien, certes, mais dont les grandeurs et les décadences ne les ont concernés qu'indirectement jusqu'ici.

Et voilà que leur neveu de pas encore dix-huit ans, qu'ils n'ont pas vu depuis des années, débarque avec sa mère désespérée et ses joints de cannabis.

Bon.

Que faire ?

Ne pas s'affoler.

Consulter le Léonard.

On verra bien après.

*

Dans le jardin, pas de Léonard.

Le Barnabé ne voit que les poules qui grattent et picorent la terre fraîchement remuée, à l'endroit où ont été arrachés les choux raves. Pour l'heure la récolte est militairement alignée sur une planche posée à même la terre noire. Les ventres jaunes et les cols violets s'essuient aux rayons du soleil d'automne.

Le Léonard ne doit pourtant pas être bien loin.

Le Barnabé jette un coup d'œil en tour d'horizon, vers les murettes de pierres sèches qui ceignent le jardin. En cette première moitié d'octobre, elle a encore belle allure, cette enceinte fleurie de capucines, soucis, œillets et dahlias…

Un incessant ballet multicolore de papillons s'y pose et s'y repose sans cesse. Des vulcains en habit de soirée noir liseré de rouge et de blanc, des robert-le-diable aux ailes rouillées et échancrées comme celles des chauves-souris, des paons du jour aux ocelles bleues sur fond de velours cramoisi… Sur un dahlia, le Barnabé repère même un morio qui étale langoureusement ses larges ailes brunes ourlées de jaune.

- C'est quand même beau à voir, non ?

Le Barnabé sursaute, même s'il a reconnu la voix de son frère qui vient de derrière les dahlias.

Confortablement installé sur une chaise longue, le Léonard a réussit à faire oublier sa présence non seulement aux insectes qu'il observe, mais aussi à son frère qui connaît pourtant les lieux au décimètre près.

- C'est dommage que le jeune dorme. On devrait aller le réveiller… C'est pas tous les jours qu'on a la chance de pouvoir admirer une telle chorégraphie de vanesses.

Le Barnabé ne répond pas.

- Bin quoi?… Qu'est-ce que t'as?

Le Barnabé hausse les épaules.

- Bah… Il s'en fout pas mal, des papillons, le neveu… il a bien mieux que ça pour se changer les idées.

- Ah?…

- Ouais… Justement, je te cherchais pour te le dire. J'en viens, de sa chambre… Et j'ai pu constater qu'il n'a pas la même notion que nous sur ce qu'on appelle une sieste réparatrice.
- Ah?..
- Ouais… Le cher ange est tout bonnement monté dans sa chambre pour se fumer un petit pétard, comme ça, en toute simplicité…

Le Léonard se lève de son poste d'observation comme un chimpanzé piqué au postérieur par un scorpion noir.

Il se plante en face de son aîné.
- Un pétard ?
- Comme je te le dis.

Le Léonard réfléchit en passant gravement la main sur sa calvitie, puis il laisse tomber, sans appel :
- S'il a eu besoin d'une fumette, comme ça, sans motif, c'est qu'il est p'têt bin déjà accro, c'te p'tite charogne de gamin.
- Hum… soupire le Barnabé… Pas étonnant qu'il ne fasse rien à l'école.
- Encore que… Faudrait-t-y encore savoir s'il a des problèmes scolaires à cause du pétard, ou s'il fume du pétard à cause de ses problèmes scolaires.
- Humm… soupire encore le Barnabé.

Les tontons sont consternés. Ils demeurent un moment silencieux, dans l'air ensoleillé. Leurs regards se perdent dans une contemplation où se mêlent fleurs, papillons, choux-raves, poules, terre noire, vieille maison, murets de pierres sèches, forêts flamboyantes, ciel bleu…

A la fin, la main du Léonard se pose sur l'épaule de son frère.

Ils se dévisagent.

Le Léonard est comme transfiguré. Son crâne chauve brille au soleil. L'azur céleste se mire dans ses yeux.

- Tu sais quoi, Barnabé?
- Quoi?
- Et bin, le p'tit, on va le tirer de là!...

*

Max a sous-estimé ses oncles.

Il se rend compte maintenant de son erreur d'appréciation monumentale, lorsqu'il a pensé, un peu trop précipitamment, que le cannabis, ils ne savaient même pas que ça pouvait exister. Que dans leur pays de loups, sans téléphone ni télévision, ils vivaient avec un siècle de retard. Jamais il n'aurait envisagé que ses oncles-vieux-garçons fussent capables de faire la différence entre un joint et une simple cigarette de tabac aromatique.

Maintenant, il voit les choses en face. Il est démasqué par des tontons beaucoup plus dans le coup qu'il ne l'aurait cru.

Il n'a pas d'autre choix que celui de jouer franc-jeu. D'ailleurs, il a bien apprécié la compréhension de l'oncle Barnabé lorsque celui-ci a pris la mesure de la situation. Non seulement le tonton s'est révélé rusé renard, mais il a montré aussi une indéniable largeur d'esprit. Aussi, le jeune garçon ne voit pas comment faire autrement que de tout raconter. Confusément, Max sent qu'il peut trouver auprès de ses oncles l'appui et la compréhension qui lui font défaut dans les relations avec ses parents.

Les effets de la drogue se dissipent.

Heureusement qu'il n'a pas eu le temps de fumer beaucoup.

Il reprend ses esprits.

Le voilà qui descend dans le jardin, à la recherche du Léonard auquel il se souvient d'avoir promis de l'aide pour rentrer les choux raves.

Le soleil a bien baissé vers son couchant. Il brille maintenant presque à ras de la montagne. En octobre, les après-midi sont courts.

- Ah, te voilà... Fait le Léonard. T'es-tu bien reposé ?... Tu en avais besoin... Mais c'est dommage. Si tu avais vu tous les papillons qui volaient au soleil, tantôt !... Maintenant, bien sûr, l'heure est passée.

Max admire les massifs de fleurs, le long de la murette.

- Ce n'est pas étonnant qu'il y ait des papillons, par ici, avec autant de belles fleurs.

Le Léonard apprécie la remarque, touché de l'hommage rendu à son travail de jardinier. Mais il ne s'y attarde pas et cligne de l'œil avec malice.

- Hé, Hé... Il ne faut pas t'y fier... Les papillons ne viennent pas seulement pour les fleurs... Il y a aussi la miellée...

- La quoi ?...

- Oui. Ne cherche pas, tu ne peux pas trouver tout seul… Je vais t'expliquer.

Le Léonard se fend d'un toussotement très scientifique et se lance dans une explication comme Max n'en a encore jamais entendue.

Rien dans son attitude ne laisse sous-entendre que le Barnabé l'ait mis au courant de quoi que ce soit.

- Ce que nous autres, entomologistes, appelons miellée, attaque doctement le Léonard, n'est ni plus ni moins qu'une potion dont les ingrédients, minutieusement sélectionnés, dosés et mélangés, se révèlent attractifs sur certaines espèces bien définies de lépidoptères. Cette potion est préparée avec un soin que le profane ne peut pas imaginer, mon p'tit gars.

Le Léonard se baisse, plonge le bras dans un massif de dahlias, et en extirpe un seau de plastique vaguement jaune brunâtre d'un demi-décalitre, poisseux de coulées douteuses. Il le pose devant lui, soulève du bout du doigt le couvercle gluant et montre triomphalement le contenu.

- Regarde… chuchote-t-il en roulant des yeux ronds comme des boules de billard.

A la vue de la peu ragoûtante mixture violacée qui emplit le seau aux trois quarts, Max fait une moue sceptique.

- Qu'est-ce que c'est que cette bouillasse ?

- Bouillasse?… Tu as appelé bouillasse ma potion?… Ma miellée dont la formule m'a demandé des années de mises au point!… S'indigne le Léonard en levant les bras au ciel.

- Euh… Ne te fâche pas, tonton… Je n'ai pas dit ça pour…
- Je sais, je sais… Fait-il mi-indulgent mi-fataliste. Tu ne savais pas… D'ailleurs, tu ne peux pas savoir…

Il soupire…
- L'ignorance… L'ignorance… Encore et toujours l'ignorance… Pauvre monde où le peuple ignorant est mené par des dirigeants ignorants…

C'est au tour de Max d'ouvrir de grands yeux.

Et l'oncle Léonard conclut en contemplant l'écœurante bouillie dans le seau poisseux :
- Pas la peine de me regarder comme ça… Eh oui… Ce sont bel et bien des ignorants… Mais comme ils n'ignorent pas tout à fait les mêmes choses, les uns par rapport aux autres, ils ont l'impression d'être pas si bêtes que ça… Vaste chapitre… Mais revenons à notre sujet.

Il marque un temps d'arrêt et consulte son neveu du regard.
- A moins que ça ne t'intéresse pas ?…
- Si, si… Vas-y tonton, je t'écoute, s'empresse le jeune.

Un bref sourire illumine furtivement le Léonard.
- Ah… ça fait plaisir de voir que tu portes de l'attention à ce que fait ton vieil oncle. Bon… Donc, cette miellée est, comme je te l'ai déjà dit, un mélange précis de différents éléments dont la formule peut varier sensiblement suivant les espèces qu'on veut attirer. Cette miellée-ci, dont j'ai répandu une partie sur le sol, est conçue

spécialement pour attirer des espèces de la famille des vanesses. Elle est essentiellement composée de fruits très très murs, pour ne pas dire pourris, réduits en une purée liquéfiée par l'apport de substances plus fluides, comme le vin rouge ou le sirop de sucre, par exemple.

Le Léonard présente le seau à deux mains :

- Sens- moi ça… Ca te rappelle rien?…

Max tend un nez prudent vers le récipient.

- C'est drôle, fait-il, surpris… Ca ressemble à l'odeur de la sangria…

- Tout juste, mon p'tit gars!… Exulte le Léonard. Mais attention!… Une sangria améliorée, très riche en sucre et en fruits pourris. Celle-là, si tu en bois, ça va te foutre une chiasse comme tu n'en a jamais eu!… Par contre, si tu la distilles, tu en tires une gnôle de quatre vingt degrés en queue de cuite!… Mais passons. Là n'est pas la question. Où en étais-je?…

- A la composition de ta potion.

- Ah oui. Donc, cette miellée, une fois répandue sur un lieu bien choisi, imprègne l'atmosphère en s'évaporant, tu me suis?

- Oui.

- Bon. Les papillons, qui ont des moyens de détections très sensibles, captent l'odeur de la miellée à des distances impressionnantes, parfois même incroyables.

Max lève le doigt comme à l'école.

- Moui ?

- Comment les papillons captent-ils les odeurs ? Ils n'ont pas de nez, ni de narines, que je sache ?...

Le Léonard a un sourire paternel de vieux savant indulgent.

- Ta question est pertinente, mon p'tit gars. Et ça me fait plaisir de voir que tu écoutes si attentivement. Les papillons ont des moyens de repérage extraordinaires. Le paon de nuit mâle, par exemple, parvient à détecter une femelle à cinq kilomètres.
- Cinq kilomètres?!...
- Eh oui, mon p'tit gars... Et même plus... D'ailleurs, non seulement il la détecte, mais il est capable de la rejoindre très rapidement pour s'accoupler.
- Comment ça se peut, des trucs comme ça ?
- Oh, tu sais, faut pas t'étonner. Ces choses-là sont courantes dans la nature. Il faut savoir que la femelle émet une substance très volatile appelée phéromone. Le mâle réagit à très longue distance , comme je te l'ai dit, grâce à des capteurs dont on suppose la présence au niveau des antennes, et peut-être aussi dans d'autres poils de son thorax. Il y a encore beaucoup à découvrir dans ce domaine. C'est pour cela que les travaux que j'effectue sont très intéressants... Bon, euh... J'en étais où lorsque tu as posé la question ?...
- Aux papillons qui captent l'odeur de la miellée.
- Ah oui... Donc, les papillons arrivent de très loin, un peu comme les abeilles sur les fleurs, sauf que là, ce n'est pas pour venir chercher le pollen... Ils

se posent sur la miellée dont les effluves fermentées les saoulent.
- Comment ça, les saoulent ?...
- Oui. Ils sont attirés et s'enivrent... euh... Ils se shootent, même, pour prendre un mot, hélas, devenu plus à la mode qu'autrefois... Certaines espèces, très farouches et extrêmement difficiles à approcher, se laissent cueillir sur la miellée comme des pâquerettes. Ils arrivent là-dessus avec avidité. Ils s'en délectent. Ils se shootent. Ils ne se rendent plus compte de rien. Et finalement, c'est la mort pour eux lorsque le chasseur leur met le grappin dessus... Et ce chasseur, ce n'est pas forcément moi qui ai tendu le piège. Ca peut être n'importe quel prédateur : un oiseau insectivore, une araignée...

Le Léonard marque un petit temps d'arrêt en regardant l'horizon.
- Remarque bien que pour tous ceux qui se shootent, animaux ou pas, c'est la mort de leur être quelque part, même si personne ne profite de leur état pour les tuer physiquement. Quelqu'un qui est sous l'emprise de la drogue, que ce soit l'héroïne, l'herbe ou tout simplement l'alcool, n'est plus lui-même. Sa véritable personnalité est passée à la trappe. C'est donc bel et bien une mort, même si elle survient avant celle qui est provoquée par une overdose.

Le jeune garçon baisse les yeux.
- L'oncle Barnabé t'a parlé? Demande-t-il en dessinant une arabesque dans la terre, du bout de sa chaussure.

Le Léonard ouvre des yeux étonnés.
- Comment ça, il m'a parlé?... Mais avec le Barnabé, on se parle tout le temps. On se dit tout. En voilà une question?!... Pourquoi diable voudrais-tu donc qu'il ne me parle pas?...
Max est passablement gêné aux entournures.
- Euh... Ce n'est pas ce que je voulais dire... Enfin... euh... je... Est-ce qu'il t'a parlé de... euh... de ce qui s'est passé dans ma chambre, tout à l'heure?...
- Ah !... Je vois... Tu veux savoir s'il m'a dit que tu fumes des pétards ?
Le Léonard s'est exprimé sur un ton neutre, comme s'il avait parlé de sa première paire de caleçons.
Le jeune garçon est franchement désarçonné.
- Et... euh... ça ne te fâche pas ?
L'oncle le regarde avec des yeux candides.
- Bin non... Pourquoi voudrais-tu que ça me fâche ?... C'est ta peau qui est en jeu. Pas la mienne. Tu as bientôt dix-huit ans. Donc tu es sensé être capable de choisir ce que tu veux faire de ta vie... Si tu veux te foutre en l'air, c'est ton affaire avant tout. Pas la mienne.
Cette fois, Max est sidéré.
- Alors, tu ne t'intéresses pas à ce qui pourrait m'arriver ?
- Bien sûr que si... Mais s'intéresser à quelqu'un ne veux pas dire se mêler de ses affaires... Alors, je te répète que ça ne me fâche pas... Ca me rend seulement triste. Triste à en mourir... Triste de voir

un jeune se foutre en l'air… Triste de constater que ma génération n'a pas su transmettre les valeurs qui étaient celles de ma jeunesse, et même de toute ma vie…

Le Léonard pousse un long soupir et pose la main sur l'épaule de son neveu.

- Mais ne t'en fais pas…Puisque tu es là pour quelques temps, nous aurons bien l'occasion d'en reparler, va…

Il désigne le couchant où le soleil a disparu derrière la montagne, ne laissant qu'une auréole lumineuse au-dessus de la ligne de crête.

- Bon. Bin pour le moment, faut rentrer les choux raves avant qu'ils ne prennent la rosée. Va donc chercher les deux grands cageots que j'ai laissés devant la porte, à côté de la treille.

Songeur, le neveu obéit comme un automate, et revient avec les cageots.

- Pose-les donc par terre. On va les remplir.

Joignant le geste à la parole, le Léonard se courbe et commence à ranger les choux raves dans un des deux cageots. Max veut faire pareil avec l'autre, mais son oncle l'arrête aussitôt.

- Ne les jette donc pas comme des boules de pétanques. Tu vas me les taller, et pis après, ils vont pourrir.

- Ah ?

- Bin oui… Une fois qu'ils seront bien rangés, dans la cave, la pourriture va se développer insidieusement à partir des meurtrissures que tu auras infligées à ces malheureux légumes… Tu sais, il ne faut pas se laisser prendre par l'aspect grossier et rude du choux rave. C'est un légume délicat qui doit être manipulé avec précaution. Regarde… fais comme moi.

De fait, le Léonard range ses choux raves dans sont cageot comme des tomates mûres. Sans les bousculer.

Max fait de même.

- Voilà, approuve l'oncle… Comme ça, c'est bien.

Max ne peut s'empêcher de sourire.

Il se sent bien.

Voilà les deux cageots pleins.

- Bon, et bin à présent, direction la cave !… Dit le Léonard en empoignant un cageot et en désignant l'autre à son neveu.

*

La cave de la maison, c'est quelque chose.

On y descend depuis la cuisine, par une trappe qui s'ouvre dans le plancher, devant la fenêtre, le long du mur. Comme on ne met, en principe jamais rien devant une fenêtre, l'emplacement de la trappe ne gêne aucunement la disposition des meubles de la pièce.

L'accès est assuré par quelques étroites marches de pierre. Il faut se baisser pour ne pas se cogner la tête, mais une fois en bas, sur le sol de terre durcie, on peut se tenir debout sans toucher la voûte de pierres sèches, admirablement ordonnées, qui soutient le plafond.

Ca sent bon la vieille cave.

Eclairé par une ampoule un peu faiblarde, dans ses dentelles de toiles d'araignées poussiéreuses, l'endroit prend, aux yeux du jeune garçon, des allures de caverne d'Ali-Baba: piles de bouteilles impeccablement alignées à l'horizontale, rayonnages surchargés de bocaux de verre recelant toute une palette de légumes et de fruits stérilisés, caisses à claire voie regorgeant de pommes de terre, étagères présentant dans un ordre militaire potirons, courges, betteraves, choux raves et autres légumes, casiers à fromage, pots de miel…

Max remarque aussi deux jambons pendus à la voûte. L'un est entamé, l'autre intact.

- Eh bien mon vieux !… S'exclame-t-il. Vous pouvez soutenir un siège, avec tout ça, les tontons !…

Le Léonard hausse les épaules.

- Boh… Tu sais… l'homme ne vit pas seulement des biens de la Terre… Ca ne lui sert pas à grand chose d'avoir de quoi se remplir le ventre si sa tête est vide.

*

V

C'est la première fois que Max va à la chasse à la bécasse.

L'oncle Barnabé l'a emmené à son poste, là-haut…

Chemin faisant, l'ancien a expliqué ce qu'est une bécasse. Ce qu'elle représente… Les voyages qu'elle accomplit chaque automne pour descendre des pays nordiques jusque en Afrique, et pour remonter dans le nord à chaque printemps.

Evidemment, le temps de monter au poste a été bien trop court pour que le Barnabé puisse entrer dans les détails… Avec tout ce qu'il sait sur la bécasse, il pourrait écrire un livre. Et un gros.

- Elles passent chaque année à la même époque ?
- Oui… à quelques jours près. Si l'hiver est précoce, dans le nord, elles peuvent redescendre plus tôt. Si au contraire, l'automne est chaud, elles peuvent rester quelques jours de plus par là-haut.

Le jeune garçon écoute et découvre.

Comme sa ville, son lycée, sa maison et tous les éléments de sa vie quotidienne lui paraissent lointains… Ici, avec ses oncles, c'est une autre vie… une autre planète. Il est arrivé à Pierroche ce matin, mais il a l'impression que la journée a duré une semaine, tellement il a appris de choses.

- Les bécasses, elles volent la nuit. Le jour, elles se cachent. Et le soir, elles viennent dans les marais pour verroter…
- Pour quoi ?
- Pour se nourrir, si tu veux y aller par là… Si tu as un jour la chance de voir une bécasse qui verrote, tu ne pourras jamais oublier le spectacle.

Et le Barnabé explique en mimant.

- Tu vois ta bécasse qui se promène au bord d'une flaque, le bec en avant, en regardant à droite et à gauche… Et pis tout d'un coup, la voilà qui s'arrête, toute attentive. Tu te dis : « ça y est… Elle m'a repéré… Elle va s'envoler… » Mais non. La voilà qui enfonce son bec à la verticale dans la terre molle… Son bec qui s'enfonce, qui s'enfonce, tout doucement, tout doucement… Jusqu'à la garde…

Le Barnabé entoure sa bouche moustachue de ses mains, pour bien montrer que l'oiseau ne peut pas enfoncer son bec plus profondément dans le sol, sans risquer d'étouffer.

- Et pis tu sais, un bec de bécasse, c'est long comme une dague… Alors, toi qui es caché et qui vois ça, tu te dis « Mais qu'est-ce qu'elle fabrique ?… Elle est bargeot, c't'oiselle-là !… » Et voilà qu'elle retire lentement son bec… Elle remonte, elle remonte…

Le Barnabé étire le cou avec son nez tourné vers le sol.

- Elle remonte encore, tout doucement… Ca y est… Elle a retiré tout son bec… Et au bout du bec, qu'est-ce qu'il y a ?... Hein ?... Qu'est-ce qu'il y a ?...

Max ouvre de grands yeux pleins d'ignorance... De grands yeux qui se rabattent sur le pouce et l'index que le Barnabé lui met sous le nez. Un pouce et un index écartés de deux centimètres.

- Et bin mon p'tit gars, au bout de son bec, il y a un ver long comme ça, qui se tortille dans tous les sens, et qu'elle va déguster avant d'aller en chercher un autre.... Eh oui !... Elle a réussi à détecter au millimètre près un ver qui se balade à vingt cinq centimètres sous la surface du sol !... C'est-y pas beau, ça ?... Hein ?... Et bin ça, mon p'tit gars, ça s'appelle verroter. Verbe du premier groupe, évidemment... Même s'il n'est pas dans le dictionnaire.

Le vieux parle doucement, à mi-voix, presque en chuchotant. Pourtant, les intonations sont là, et elles sont bien soutenues par d'indescriptibles mouvements des yeux, des sourcils, de la bouche, et même des moustaches...

Max ne donnerait sa place pour rien au monde. C'est bien mieux qu'au cinéma. La sortie de chasse avec l'oncle est un enchantement. Il avait pourtant accepté l'invitation à contre-cœur, persuadé qu'elle allait être essentiellement consacrée à une leçon de morale carabinée sur la drogue, sa consommation, et ses conséquences sur la santé.

Pour le moment du moins, rien de tout ça. Bien au contraire, c'est la récréation. Une récréation

instructive, s'il vous plaît... Avec plein de découvertes passionnantes.
- On voit que tu connais bien la nature, tonton.
Le vieux, qui scrute le ciel du soir, sourcille. Instinctivement, Max regarde aussi dans la même direction... Mais il n'y a rien d'anormal dans le ciel... Et le jeune garçon comprend que la furtive expression sur le visage de l'oncle, est une réaction à ce qu'il vient de dire. Il se demande quelle remarque déplacée il a bien pu faire. Le Barnabé éclaire sa lanterne sans plus tarder.
- Nature?... Grogne-t-il. Qué nature?...
Max, un peu déstabilisé, esquisse un tour d'horizon avec son bras.
- Bin... euh... là... partout autour, quoi !...
Il faut voir le Barnabé tourner la tête dans toutes les directions avec une attention aussi grande que son incompréhension apparente. Puis, son visage s'éclaire. Ses yeux d'éléphant pétillent de malice.
- Ah !... Je vois ce que tu veux dire... Là, partout autour de nous... Ces arbres,. ces forêts, ces montagnes, ce ciel, ces étoiles qui commencent à s'allumer, ces oiseaux qui s'appellent encore par-ci, par-là... C'est ça ?...
- Oui, oui... approuve le jeune garçon. C'est ça.
Le visage du Barnabé redevient impénétrable.
- Et bin ça, mon p'tit gars, c'est pas la nature.
Le jeune sursaute presque.
- Comment, c'est pas la nature ?
- Bin non...
- C'est quoi, alors ?

- C'est ce que les ignorants appellent la nature.
- Ah ?...
- Ouais.
- Et... euh... ça s'appelle comment, alors, d'après toi ?

Les yeux d'éléphants se plantent dans ceux du jeune. Le visage du Barnabé est devenu grave. Même ses moustaches broussailleuses ont quelque chose de solennel.

- Ca s'appelle la Création, avec un grand C, mon p'tit gars.

Max en reste bouche bée. D'autant plus qu'il a fort bien perçu le profond respect avec lequel son oncle a formulé sa phrase.

- Je ne comprends pas bien ce que tu veux dire. Nature ou création, pour moi, c'est la même chose.

Le Barnabé émet une sorte de gloussement étranglé.

- Ah, la,la... soupire-t-il. Voilà le désastre !... Un désastre encadré par un réseau de maisons de la culture pire que la ligne Maginot.... Aujourd'hui, on octroie l'appellation de créateur à n'importe quel barbouillon qui mélange des couleurs sur une toile, au scribouillard qui gribouille des mots sur du papier, au patouillu qui pétrit de la bouillasse pour en faire des formes appelées sculpture moderne, au cisaillu qui taillade des chiffons pour habiller le monde, et même au trouillacu qui photographie la nudité de ses congénères, mâles ou femelles, pour l'exposer à la vue de tous !... Mais, sacrebleu, ces gens-là ne créent pourtant rien du tout. On peut à la rigueur les appeler inventeurs, découvreurs, constructeurs, assembleurs, ou même tripatouilleurs, mais certainement pas créateurs. Ce qui définit un créateur, c'est justement de pouvoir créer à partir de rien. La nature, comme tu dis, a été créée à partir de rien du tout. C'est donc vraiment de la création. Mais comme ça gêne ceux qui nous emmènent allègrement vers la pensée unique, on dépouille de son vrai sens le mot création... Remarque bien que ce n'est qu'un exemple de la culture moderne, dans laquelle tant de choses sont détournées et...

Le Barnabé s'interrompt. Son fusil vole à l'épaule, les canons levés à trente degrés vers le ciel bleu sombre du soir. Max voit bien l'oiseau qui passe à cinquante mètres, en contre-jour, au dessus de la ligne noire et déchiquetée de la crête sapineuse. C'est la première fois qu'il voit une bécasse... Une bécasse qui plonge dans l'ombre et qui disparaît.

Le Barnabé baisse son arme. Il n'a pas tiré. Il sourit dans l'ombre.

- Elle m'a eu... je l'ai vue trop tard, la coquine. Ah... Avec ces dames-là, il faut faire attention. C'est marrant, tu vois... on dirait qu'elle a profité que je discutais pour passer devant moi.

- Je suis désolé, tonton... C'est de ma faute. Si je n'avais pas accaparé ton attention, tu l'aurais eue, ta bécasse.

Le vieux pose affectueusement sa main sur l'épaule de son neveu.

- Bah… ça ne fait rien. Ce n'est pas la première qui me passe sous le nez… ni la dernière. Ce n'est pas grave. Ce qui est beaucoup plus important, pour moi, c'est de pouvoir discuter avec mon bougre de neveu que je n'ai pas vu grandir…

*

Les deux chasseurs du soir rentrent à la maison, dans la nuit tombante. Ils marchent l'un derrière l'autre, le vieux devant le jeune, sur le sentier qui redescend à la combe. Ils ne parlent pas, chacun dans ses pensées, chacun son regard au sol, pour éviter le mieux possible les obstacles caillouteux traîtreusement estompés par la pénombre s'intensifiant de minute en minute.

Malgré la bredouille, le Barnabé est content… Content de constater que le jeune s'intéresse, au moins en apparence, à la vie de la montagne.

Max, pour sa part, se sent confusément heureux… heureux et plein de respect pour ce vieil oncle dont il regrette d'être resté si longtemps éloigné. Celà dit, il est plutôt surpris par l'attitude du Barnabé qui se comporte comme s'il avait oublié l'épisode de l'après-midi, dans la chambre.

La nuit d'automne s'étend doucement, calme, sereine… Après le départ du soleil, le vent s'est assoupi, et la forêt sent bon la feuille morte fraîchement tombée. Sur le sentier, d'ailleurs, il est impossible de marcher silencieusement, car l'épais tapis de feuilles, qui s'épaissit de soir en soir, bruisse sous les pas comme du papier froissé.

Max sursaute à l'aboiement hargneux qui éclate à l'improviste, dans les profondeurs de la futaie de hêtres tordus, à une soixantaine de mètres peut-être.

Devant lui, le Barnabé s'est arrêté et se retourne en clignant malicieusement de l'œil.

- Et bin dis donc… murmure-t-il. Nestor n'est pas content du tout!… Tu entends comme il nous dit de ficher le camp?…

- C'est qui, Nestor ?… Demande Max, stupéfait. Un chien ?

- Mais non… rigole le Barnabé avec indulgence. Nestor, c'est un chevreuil. Un beau brocard qui vit dans les parages avec sa femelle. L'été, on ne le voit pas tellement, mais l'hiver, il vient rôder tous les jours vers la maison, avec la chevrette, pour chercher à manger. Au mois de mars, ils se sont même livrés à une séance de dégustation sur les salades que le Léonard fait pousser contre le mur de la maison, sous sa petite serre en toile plastique. Même que nous, après, on a du se contenter des endives de l'épicier.

- Tu crois que je pourrai le voir ?… C'est tellement beau, un chevreuil !…

- Plus on va avancer vers les mauvais jours, plus tu auras de chance de le voir montrer le bout de son nez, répond le Barnabé en reprenant sa marche. Un autre aboiement éclate, encore plus courroucé que le premier.

- Pour l'heure, tu l'as entendu. Ce n'est déjà pas si mal.

Tout là-bas, au fond de la combe, vers la maison, une puissante lumière blanche vient de s'allumer. C'est un nouveau sujet de surprise pour Max.

- Eh bien dis donc, nous avez des sacrées lampes, chez vous... Des vrais projecteurs !...

- Ca, c'est la lampe de chasse du Léonard, répond le Barnabé sur un ton détaché.

- Une lampe de chasse ? Pour chasser quoi ?

- Les papillons.

Malgré sa nouvelle stupéfaction, le jeune garçon se tait.

- « Ouais, bon, d'accord,... Je commence à penser qu'ici, il ne faut s'étonner de rien... »

Lorsqu'ils débouchent sur le pré, au bas du coteau, le Barnabé s'arrête pour regarder la voute céleste. Pendant le temps de le descente à travers la forêt, le ciel s'est suffisamment assombri pour allumer les étoiles de première magnitude.

- La nuit sera claire, murmure-t-il... ce soir, on pourra faire de belles observations.

- Des observations de quoi ?

- Des astres, pardi... La nuit, tu veux observer quoi d'autre ?

- Je ne sais pas, moi... Avec vous, je m'attends à tout. L'oncle Léonard chasse bien les papillons à la nuit noire...

Le Barnabé va pour répondre quelque chose, mais il se fige soudain. Aux aguets.

- Ecoute...

Le jeune garçon tend l'oreille.
- Je n'entends rien... A part une voiture, au loin. A moins que ce soit un avion...
- C'est une voiture. Elle vient chez nous... C'est quand même pas ta mère qui revient ?...
Un faisceau de lumière incertaine balaie la forêt au loin, puis les points lumineux des phares apparaissent, et le bruit de moteur monte d'un ton.
La voiture débouche enfin dans la combe et stoppe près de la maison où les lumières des phares se noient dans celle de la puissante lampe de chasse.
- Ca arrive bien chez nous, murmure le Barnabé. Décidément, aujourd'hui, c'est la journée des visites. Si les voitures se mettent à circuler par ici matin et soir, il va falloir poser des panneaux de signalisation. C'est pas une autoroute, ici...
- N'exagère pas, tonton... C'est la première bagnole que je vois depuis que ma mère est partie.
Vers la maison, le chien aboie furieusement.
Le Barnabé et Max se sont engagés maintenant dans la traversée du champ, en pressant le pas. Ils marchent côte à côte vers la maison dont la silhouette est cachée par l'aveuglante lumière de la lampe du Léonard.
- Ne regarde pas la source de lumière, laisse tomber le Barnabé. Le Léonard prétend que sans lunettes, on risque un décollement de la rétine.
- Ah ?... Et bin c'est drôlement dangereux, ses machins, à l'oncle Léonard.
Le Barnabé ne répond pas. Son esprit est préoccupé. Qui peut donc venir à la maison à cette

heure-là ?... On n'attendait pourtant personne. A part la Lucienne qui serait revenue, pour une raison ou pour une autre, il ne voit pas qui aurait motif à venir ici...

Le chien n'aboie plus. Le Léonard lui a sans doute intimé l'ordre de se taire.

- Si c'est les gardes, de toutes façons, avec la bredouille qu'on a faite, on ne risque pas un procès verbal.

Des éclats de voix leurs parviennent. On reconnaît celle du Léonard qui se mêle à une autre, inconnue du Barnabé. Max marque un bref arrêt dans sa marche. L'oncle ne s'en aperçoit pas.

On s'approche de la maison.

On va rentrer dans la zone éclairée par la lampe de chasse. On est assez proche pour comprendre la conversation entre le Léonard et les mystérieux visiteurs du soir.

Apparemment, d'ailleurs, ces visiteurs ne sont qu'un seul. Un jeune homme brun qui peut avoir autour de vingt-cinq ans. Le Barnabé remarque que l'inconnu est vêtu avec élégance d'une veste sombre, bien coupée, et d'un pantalon blanc. Il converse avec le Léonard, en une attitude plutôt décontractée, les mains dans les poches.

Ni lui ni le Léonard n'ont vu les arrivants.

Au moment où le Barnabé va déboucher dans le lumière, la main de son neveu se referme sur son bras et l'oblige à s'arrêter.

Surpris, l'oncle se retourne.

Le visage de Max est décomposé.

-Tonton... chuchote-t-il en roulant des yeux agrandis par la peur. Il ne faut pas que ce gars-là sache que je suis ici. Surtout ne lui dites pas que je suis chez vous.

Tout en parlant, Max a fébrilement attiré son oncle dans l'ombre, à l'abri de la maison.

- Eh bien, eh bien... Qu'est-ce qui te prend?... Demande le Barnabé qui garde la voix basse, malgré sa surprise.

Le chien, qui les a repérés, vient les flairer joyeusement.

- Ecoute, tonton... fait Max qui a l'air complètement affolé. Ce serait trop long à expliquer. C'est quelqu'un qui me veut du mal. Et il est capable de vous en faire aussi...

Le vieux garde un calme éléphantin.

- Calme-toi, mon p'tit gars, chuchote-t-il... Et tâche de m'expliquer un peu, que j'y comprends rien, moi...

- Je dois beaucoup d'argent à ce mec, halète Max.

- Et bin t'as qu'à lui rendre, et pis c'est tout.

- Justement, je peux pas lui rendre, gémit le jeune garçon. Je n'ai pas la somme.

- Combien tu lui dois ?

- Huit mille francs.

Le Barnabé sursaute.

- Huit mille francs?!... Nouveaux ou anciens ?

Max a un haussement d'épaules.

- Nouveaux, bien sûr... On ne parle plus en anciens francs, chez nous... C'est pas comme ici.

- Et pis comment ça se fait qu'à ton âge tu doives des sommes pareilles?... Tes parents le savent?...

Max baisse les yeux, dans la nuit, sans répondre.

- Drogue, hein ?...

Le jeune garçon, à demi-effondré contre le mur, ne répond rien mais hoche affirmativement la tête.

- Bon... Chuchote le Barnabé. Et ce type-là, c'est un déhalère, hein?...

La clairvoyance du Barnabé n'a d'égale que sa méconnaissance de la prononciation anglaise.

- Oui, tonton... c'est un fournisseur... et je ne sais pas comment il a fait pour me retrouver si vite.

- Ca, on le saura bientôt, mon p'tit gars. Bon... Pour le moment, bouge pas de là... Et si ça tourne au vinaigre, tu te tailles dans la forêt jusqu'à nouvel ordre, vu?

- Qu'est-ce que tu vas faire ?

- Vu?!

Le jeune garçon ne peut qu'obtempérer avec un soupir accablé.

- T'en fais pas, p'tit gars... On va s'occuper de ça.

Le vieux débretelle son fusil, l'ouvre sans bruit, le garni de deux cartouches, et le referme en prenant bien garde de ne pas faire entendre la culasse bien huilée. Puis, rasant le mur à pas de loup, il longe la maison plongée dans l'ombre jusqu'à l'angle qui délimite la zone de lumière. Là, collé aux vieilles pierres comme un sioux, il risque un œil.

A cinq ou six mètres, l'inconnu lui tourne le dos.

Il l'entend demander au Léonard :

- Et vous vivez seul ici?

- Non. Je vis avec mon frère.
- Et que faites-vous donc, avec cette grosse lampe et ces drôles de lunettes?...
- J'effectue des études scientifiques sur les lépidoptères.
- Les quoi ?
- Les papillons, si vous préférez... Et vous?... Qui êtes-vous?... Demande à son tour le Léonard d'un air méfiant. Et qu'est-ce que vous faites par ici à ces heures?... Vous êtes perdu?...
- Pas du tout, répond l'inconnu d'un ton badin. Je cherche quelqu'un. Vous n'auriez pas, par hasard, un neveu qui habite Lyon?

Le Léonard reste de marbre, la méfiance en éveil... Cette méfiance des gens de la terre, qui fait peser les mots et tourner la langue dans la bouche avant de répondre.

- Eh bien?... Insiste l'autre avec l'amabilité forcée du chat obligé de câliner une souris au lieu de la manger.

Le Léonard, qui tient sous son bras l'immense drap blanc qu'il s'apprêtait à déployer sous sa lampe, ressemble à un fox à l'arrêt... un fox chauve, mais un fox quand même.

- Et pis pourquoi vous voulez savoir si j'ai un neveu?... hein?... Qu'est-ce que ça peut-y vous faire?... Je n'vous connais pas, moi... Et pis d'abord, vous ne vous êtes même pas présenté. Passez votre chemin...
- Qu'est-ce qui vous prend? fait l'autre sur un ton étonné, sans bouger d'un centimètre, planté qu'il

est, là, avec ses mains dans ses poches, les pans de sa veste rejetés en arrière de part et d'autre.
- Passez votre chemin vous dis-je. En d'autres termes, foutez-moi le camp de par-là.

Le Léonard s'est ramassé sur lui-même, comme un blaireau au ferme. Lui qui n'est pas grand semble encore plus petit. Lui qui est râblé paraît maintenant trapu.

Brusquement, tout bascule.
- Dis-donc, pépère !... Aboie l'étranger avec une hargne soudaine. Je ne suis pas venu ici pour me faire recevoir comme un chien dans un jeu de quilles par un vieux fou qui court après les papillons !... Je sais que ton neveu est là. Ton attitude stupide me le prouve. Alors, je te conseille de vite aller me le chercher, sinon...

Le Léonard accuse le coup. Sa méfiance ne l'a pas trompé. Il sent confusément que son visiteur est capable de commettre de vilaines choses.
- Je ne parle pas à un petit merdeux mal élevé, trouve-t-il l'aplomb de répondre.

Il tourne les talons et se dirige vivement vers la porte d'entrée en trottinant comme un pingouin, dans l'intention manifeste de se réfugier dans la maison.

L'inconnu bondit et l'arrête en l'attrapant par le bras.
- Ne m'emmerde pas plus longtemps, pépère. !... ma patience a des limites. Je te répète que ce n'est pas à toi, que je veux causer, mais à ton neveu. Tu piges, crâne d'œuf ?

Le Léonard se débat et crie comme un singe hurleur.

- Lâche-moi, nom d'un bombyx!... Espèce de grande saucisse!... Tiens!...

Le Léonard a sans doute dû faire du foot-ball dans sa jeunesse, car le pénalty qu'il tire dans le tibia de son agresseur ferait pâlir d'admiration Roger Piantoni.

- Aïe!... mais il est complètement cinglé ce vieux macaque!... Vocifère l'étranger sans lâcher sa prise. Je vais te calmer, moi, espèce de...

Il ne termine pas sa phrase. Quelque chose de dur s'applique brutalement dans ses reins, tandis qu'une voix grave ordonne:

- Lâche-le et retourne-toi lentement en levant les mains en l'air.

Il obéit.

Une immense surprise se lit sur son visage lorsqu'il découvre le vieil homme moustachu qui le braque d'un fusil menaçant. Un fusil dont son dos a pu constater que les canons ne sont pas en guimauve.

Le vieil homme se recule prestement de trois bons pas sans cesser de pointer son arme. Le léonard se dégage vivement de son agresseur en s'exclamant :

- Ouf!... C'est pas trop tôt!... Je savais que tu allais revenir, mais je commençais à trouver le temps long, moi, avec cet escogriffe!... C'est qui, ce type-là?... On ne l'a jamais vu par ici!... Tu le connais, toi?... Moi pas.

Le Léonard se remet visiblement plutôt bien de ses émotions.

L'inconnu cherche à reprendre pied. Il a un sourire forcé.

- Euh... Bonsoir monsieur, dit-il à l'adresse du Barnabé sur un ton qui parvient presque à être décontracté. Vous pouvez baisser votre arme, je ne suis pas un bandit, et je...

- Ta gueule.

- Mais je...

- Ta gueule!... Répète le Barnabé en élevant sensiblement la voix et en assurant son fusil. Tout ce que t'as à faire, crapule, c'est de la boucler, de ne pas bouger d'où tu es, et de tenir tes mains bien haut vers le ciel. Autrement, tu vas goûter à mes deux coups de quatre.

- Hou la la!... ponctue le Léonard en secouant sa main comme un guitariste de flamenco. Mon pauvre monsieur, à votre place, je me tiendrais à carreau, parce que ses cartouches, et bin mon frère, il les fait lui-même... Et je vous prie de croire que c'est pas de la sciure, qu'il met dedans...

La lampe à papillons mise au point par le Léonard, présente, parmi ses multiples avantages technologiques et scientifiques, la possibilité de dévisager correctement le visiteur.

C'est un jeune homme d'un bon mètre quatre vingt, bien planté, plutôt joli garçon avec un visage fin aux yeux noirs, aux pommettes légèrement saillantes et au teint mat.

Ce physique agréable, encadré par une chevelure de jais légèrement ondulée est cependant troublé par l'expression d'un regard fiévreux, à la fois dur et fourbe.

Sa tenue vestimentaire est impeccable. Son pantalon blanc, sa veste sombre coupée sport, sa chemise lilas et ses chaussures de cuir viennent tous de boutiques de marques.

Après un bref examen, le Barnabé dit à son frère, sans quitter l'inconnu de sa ligne de mire.

- Tu vois, Léo?... Tu as devant les yeux un spécimen d'une des plus pires races de bêtes nuisibles qui soient. A côté, le putois qui vient nous saigner nos poules est un bienfait du bon Dieu. Les vipères sont des petites chattes câlines. Et le bacille du choléra n'est qu'une joyeuse farce pour taquiner les hémorroïdes!...

- Ah bon?... fait l'entomologiste en relevant ses lunettes de ski sur son front calvitié. Il m'a bien semblé que ce citoyen-là n'est pas très catholique, mais j'aurais pas pensé que c'était à ce point-là. Pourquoi t'es si sûr?...

Le chien fait mine de venir flairer le pantalon de l'homme.

- Ici, toi!... Ordonne le Barnabé. Va pas me renifler ça, que déjà rien qu'à le regarder, je me sens venir une poussée d'eczéma!...

Il lance un appel énergique :

- Max!... Amène-toi!... Et vite!...

Et voilà le neveu qui apparaît sur la scène à son tour. Une vraie tragédie grecque, illuminée de gloire par la lampe que le Léonard, dans son cerveau génial, n'avait pourtant pas prévu de destiner à la mise en valeur d'événements aussi grandioses.

Craintivement, le jeune garçon va se réfugier aux côtés de l'oncle Léonard. S'il a peur du visiteur, il est évident qu'il n'a pas non plus envie de ramener son grain de sel à la conversation, afin d'éviter de contrarier le Barnabé.

- Salut, lui lance gauchement le braqué.

Max lui répond par une sorte de grognement inintelligible, sans le regarder.

Le Barnabé prend la parole, en homme qui tient bien la situation en main. Il fait mine de s'adresser à son frère, mais ce sont les deux autres personnages qui vont en prendre pour leur grade.

- Tu vois, Léo… La petite saloperie que j'ai au bout de mon fusil, et bin elle ne vaut même pas la cartouche que je lui destine… Ca, c'est de la race des ordures qui vivent sur la mort des autres… C'est une tumeur qui croît et embellit sur les cadavres de notre jeunesse de France, et d'ailleurs aussi… C'est de la denrée que c'est même pas la peine d'essayer de discuter avec… Ca doit se débarrasser pire que la mauvaise herbe… Pire que les vers qui infestent les boyaux de nos animaux.

Il n'y a ni haine ni hargne dans les paroles du Barnabé. Seulement une immense colère froide, une vraie sainte colère d'honnête homme.

- Ah ?… Fait le Léonard. Ne me dis pas que c'est lui qui fournit notre neveu en chite ? !…

- Et bin si, justement !... Et pas qu'à lui, si j'en juge par la façon dont il est nippé, et par la bagnole qui est garée en ces lieux.

Le Barnabé désigne d'un bref signe de tête la petite voiture de sport rouge à une dizaine de mètres.

- Où qu'il a pris les sous ?... Pas en crépissant les murs ou en rabotant des planches, si on se réfère à ses belles mains soignées...

- Pour sûr, approuve le Léonard... Et pis il est venu jusque ici pour continuer à fourguer sa camelote à Max?... Eh bin!... Il a de la suite dans les idées, Césarin... Il ferait un bon représentant en balais-brosses ...

Le Barnabé fait une moue qui doit être carabinée, derrière ses moustaches, car elles sont agitées d'un mouvement de houle rappelant les frémissements d'un hallier lorsqu'une compagnie d'une quinzaine de sangliers s'y ébattent en mêlée ouverte.

- C'est encore bien mieux que ça. Il vient tout bonnement lui réclamer un arriéré de crédit de huit mille francs. Remarque bien que ça ne doit pas l'empêcher, gentil comme il a l'air d'être, de laisser une petite charge de sa foutue marchandise en cadeau de fidélité, n'est-ce pas?... Dis-moi, Max, au fait, il s'appelle comment, ton émérite fournisseur?

- Bin... euh... On l'appelle Bob.

- Bob?... C'est tout?...

- Euh... oui.

- T'es sûr qu'il n'y a pas un petit quelque chose en plus?... Tu conviendras que c'est un peu bref, pour un patronyme, non ?... Reste pas beaucoup de place pour la particule...
- Faut lui demander, hasarde Max.
- Quoi?... Moi, demander quelque chose à une crevure pareille?!... Non mais, tu rêves, mon neveu!... Ou alors tu es sous l'effet de sa potion magique!... Pourtant, tu n'est pas tombé dedans quand tu étais petit, à ma connaissance?... Tant pis. On se passera de son nom. De toutes façons, pour en faire ce qu'on va en faire, on n'a pas besoin de connaître son arbre généalogique...

Un qui commence à ne plus en mener large du tout, c'est le dénommé Bob. Les paroles du Barnabé ne semblent pas précisément lui faire l'effet d'un baume euphorisant... Son front est moite. Ses bras ont tendance à fléchir.
- Plus haut, les bras !... aboie le Barnabé en décrivant sèchement une sorte de point d'exclamation avec la pointe de son fusil.

Il n'est pas mal, en shériff, le Barnabé. Max est très impressionné. Le vieil oncle si gentil avec lui tout au long de la journée, s'est mué sans transition en un homme implacable, apparemment prêt à faire feu...
- Qu'est-ce que vous allez faire ?... Vous n'avez pas le droit de me traiter comme ça... Trouve moyen de hasarder Bob d'une voix pitoyable.

Chose curieuse, le Barnabé ne réagit pas pour lui dire de se taire, comme il l'a fait tout à l'heure.

Encouragé par ce mutisme, Bob continue pour tenter de plaider sa cause, l'air misérable.
- Je ne suis pas un criminel. Je n'ai jamais forcé personne à consommer. Moi, je n'ai fait que répondre à une demande, et je n'ai jamais vendu de drogue dure à votre neveu.

Le Barnabé grimace de dégoût. Il reprend la parole. Bob s'empresse de se taire.
- C'est ça!... Pas de drogue dure, hein?... Du hasch, du cannabis, tout au plus de l'extasy, hein?... Ben voyons... Pendant que tu y es, tu peux ajouter chewing-gum, caramels et cigarettes en chocolat!... Tous ceux qui crèvent, aujourd'hui de drogues dites dures, ils ne s'y sont pas mis comme ça, du jour au lendemain. Ils ont commencé par des drogues dites douces. Et c'est à cause de petites ordures comme toi, qui les ont incités à fumer de l'herbe ou d'autres petites gâteries de ce genre, à la sortie du lycée, et même maintenant, on n'arrête pas le progrès, à la porte du collège...

Ces cohortes de babouins à cul bleu, qui vont se défoncer ce qui leur reste de cervelle dans une rave party en étant persuadés d'avoir trouvé la Lune... Tous ces paumés, hélas de plus en plus nombreux, et qui ne sont en fin de compte que les sous-produits d'une société malade de pire que la peste!... Toute cette jeunesse de plus en plus gangrenée... Bien sûr que tu n'en es pas le seul responsable!... Bien sûr que ce ne sont pas les petits crevards comme toi qui tiennent les commandes!... Bien sûr que ce n'est pas ta faute si tant de gens qui portent l'appellation d'homme politique, d'artiste-intellectuel, ou de sportif de haut niveau, donnent l'exemple de la consommation de saloperies, au lieu de mettre leur célébrité au service d'une propreté morale de plus en plus absente des références qu'on donne à la jeunesse!... Bien sûr que ce n'est pas toi qui fait le monde!... Toi, t'es simplement un représentant de ces charognards qui harcèlent et entretiennent à la fois le cortège de corbillards grossi à chaque coin de rue par les nouveaux adeptes de la défonce !...

Le Barnabé est emporté par son discours qui résonne dans un silence absolu, sous l'intense clarté blanche. Personne ne bronche. On en oublierait presque le fusil braqué, si les canons ne ponctuaient pas les phrases de petits sauts vifs, en forme de virgules et de points.

La sueur coule de plus en plus fort sur le front du dénommé Bob. Le Léonard écoute son frère comme on écoute un conférencier, sans dire un mot, mais en accompagnant les paroles de graves hochements de têtes approbateurs. Quant à Max, il se fait le plus petit possible, bouche bée.

Après une courte pause, le Barnabé reprend son apostrophe, en déclamant comme un tribun.

- Les élus ramollis, qui présentent aujourd'hui la dépénalisation des drogues douces comme une avancée sociale, alors qu'elle ne fait qu'entériner la décadence de notre monde... Ces gens qui votent des textes légalisateurs pour ne pas avoir l'air de s'être laissés rattraper par la déchéance d'une société qu'ils n'ont pas été capables de conduire sur la bonne route... Ces gens ont aussi supprimé la peine de mort... C'est pour ça que toi, qui t'enrichit en vendant la mort à des gamins qui croient accéder à je ne sais quel nirvana à la noix, tu ne risques rien de ce côté-là. C'est pour cela aussi que j'ai bien envie de te flanquer un coup de fusil. Comme ça. Comme à un chacal enragé qui mord les gens. Oui. Comme ça. Rien que pour faire œuvre de salubrité publique. Dis-toi bien que tu ne mérites rien d'autre... Plus haut, les mains !...

Bob rectifie la position. Il baisse la tête. Manifestement, il commence à avoir des fourmis dans les bras.

Le Barnabé se tait.

Son œil d'éléphant fixe toujours aussi implacablement le dealer. Il semble réfléchir si intensément que le Léonard s'exclame.

- Ne pense pas si fort !... On entend grincer tes méninges... Vas pas nous faire un scoubidou de cortex !... Qu'est-ce qui a qui ne va pas ?

- Il y a, répond lentement le Barnabé, que si j'exécute cette crapule, je suis un assassin... Si je le livre aux gendarmes, avec un bon avocat, il pourra à nouveau exercer ses talents dès le printemps... Quant à le laisser repartir comme ça, ça me fait mal au ventre de savoir qu'il va continuer à distribuer la mort à nos jeunes. Sans compter les représailles dont il ne manquera pas de gratifier le neveu...Vraiment, je suis bien embêté...

Le Barnabé est grandiose, dans son rôle. Il parle exactement comme s'il était en train de disputer une partie d'échecs, et qu'il hésiterait entre trois pièces à jouer.

- Moi, je vois une autre solution, annonce le Léonard en fouillant dans la mallette médicale de fer blanc dans laquelle il transporte son matériel de lépidoptériste, lors de ses chasses nocturnes.

Il en extirpe une seringue qu'il brandit comme une javeline.

- Il n'y a qu'à lui faire une piqûre d'amoniaque dans le cul !... Clame-t-il d'une voix aigüe. L'amoniaque, ça conserve les papillons souples. Ca va bien lui rafraîchir les idées... Et pis aussi ça lui montrera ce que c'est qu'une overdose !...

Il faut voir la tête du dealer, qui roule des yeux épouvantés, plus larges que des cadrans d'horloge comtoise... Quant à Max, sa mâchoire pend de dix bons centimètres.

Seul, le Barnabé reste de marbre. Mais derrière sa moustache, il se mord les lèvres pour ne pas rire. Le Léonard est vraiment imprévisible. Surtout qu'il serait bien incapable de mettre à exécution son funeste projet. En tout cas, le dénommé Bob a pris manifestement la menace pour argent comptant, car il tremble de tous ses membres.

- Léo, ordonne le Barnabé, très militaire, va chercher la clef de la petite cave, et va me l'ouvrir.

- Bien, obéit le Léonard qui se hâte en trottinant pour disparaître dans la maison et en ressortir presque aussitôt. Il longe ensuite le mur sur quelques mètres, jusqu'à une petite porte qui s'ouvre à cinq marches d'escalier au dessous du niveau du sol. Cette petite porte est très épaisse, et elle est munie d'une énorme serrure dans laquelle le Léonard introduit une clef grosse comme un tisonnier.

- Avance jusque là-bas, toi !... ordonne le Barnabé à son prisonnier. Et ne fait pas le malin. J'ai la gâchette qui me démange.

- Mais... vous n'avez pas le droit de m'enfermer là-dedans, s'offusque le dealer d'une voix tremblante.

Le Barnabé rugit.

- Tu le veux, ton coup de quatre ? !...

Liquéfié de peur, l'autre obtempère. Il se dirige misérablement vers la petite porte. A son passage, le Léonard fait preuve d'une attention particulièrement compatissante en l'aidant à descendre l'escalier au moyen d'un bon coup de pied dans les fesses.

- Remonte tout de suite, ordonne le Léonard.

Le prisonnier ne comprend pas, mais il se hâte d'obéir.

- Appuie tes mains en haut contre le mur, et écarte les jambes. Plus vite que ça.

Sidéré, Max voit son fournisseur prendre une position qui permet à son petit oncle chauve et moustachu de le fouiller comme dans les films de gangsters; un oncle qui s'affaire prestement et qui rafle un portefeuille et un couteau.

- Eh bin!... Heureusement que je l'ai fouillé, s'exclame le Léonard en remettant le portefeuille

dans la poche de son propriétaire et en faisant disparaître le couteau dans la sienne.
- Mouais… grogne le Barnabé pour toute réponse.
Le Lèonard lève un doigt sermonneur, et déclare, très instituteur de la vieille école :
- C'est dangereux, tu sais, de se balader avec des trucs comme ça… Tu pourrais te faire mal !…
Le spectacle n'est pas banal que ce petit homme à la tête de gnome, en train de faire la morale à un grand diable de deux têtes de plus que lui.
- Je ne suis pas un bandit… Tente de protester le mauvais garçon sur un ton pleurnichard.
- Mais non, voyons… Rassure le Léonard. Figure-toi même que je ne suis pas loin de penser que tu es un brave moine franciscain venu dans nos montagnes pour y trouver le silence propice à la prière et à la méditation. Voilà… T'es rassuré quant à mon appréciation sur ton compte ?… Bon. Alors plains-toi pas et gagne vite ta chambre trois étoiles.
L'aimable invitation est ponctuée d'un second coup de pied dans le postérieur. Ce qui permet au Léonard de démontrer au passage une certaine souplesse, car la différence de stature entre le dénommé Bob et lui-même l'oblige à lever le pied très haut, beaucoup plus haut que la première fois, lorsque le fessier visé se situait à une hauteur mieux adaptée, de par là configuration de l'escalier de la cave.
Au bas des marches, le voyou est obligé de se baisser pour passer sous le linteau de la porte dont la hauteur est très limitée. La tentation est trop belle

pour le Léonard qui ne résiste pas au plaisir d'un troisième drop, lequel a pour effet de hâter la disparition du chenapan dans le rectangle sombre, comme un vilain diable dans une boîte.

Clic, clac… La grosse clef tourne dans la serrure.

Le geôlier remonte les marches avec la satisfaction du devoir accompli.

Le Barnabé a baissé son arme, comme à la chasse, lorsque le gibier est passé et que la battue est finie.

- Bon. On va casser la croûte ?… demande-t-il sur un ton jovial. Parce que vous comprenez, moi, toutes ces petites taquineries, ça m'aurait donné quelque chose qui ressemble à une petite faim…

- C'est prêt, répond le Léonard. La table est déjà mise et la marmite est sur le feu.

Il trottine vers la porte en poussant une exclamation anxieuse.

- J'espère qu'avec tout ça, mon frichti n'a pas brûlé !… Sacrebleu de sacrebleu !…

Max est tout pâlichon. La réverbération de la lampe de chasse sur son visage n'en est pas la seule cause.

- Je… euh… je n'ai pas très faim, tonton… parvient-il à articuler.

- Si tu ne manges pas, tu vas tomber malade, mon p'tit gars, répond l'oncle Barnabé d'un air gaillard.

Le jeune garçon est sidéré par le comportement de ces deux êtres qu'il croyait un peu arriérés, là-haut, perdus dans une montagne considérée par la populace internétisée comme une contrée proche du néolithique.

Depuis qu'il est arrivé ici, ses oncles n'ont pas cessé de l'étonner. Et la saynette à laquelle il vient d'assister dépasse tout ce qu'il aurait pu imaginer... Ces deux petits pères qui se jouent des choses avec une clairvoyance et une lucidité déroutantes, qui contrôlent des situations rocambolesques avec une facilité désarmante, qui maîtrisent de redoutables délinquants comme des morveux mal torchés... Le tout avec un flegme granitique corsé d'humour au second degré !... Max n'a jamais vu ça... Il ne savait même pas que ça pouvait exister, des tontons pareils...

Et ses parents qui voulaient l'envoyer ici pour le punir !... Pour qu'il s'y ennuie et qu'il apprécie enfin les joies de la vie citadine qu'ils s'éreintent à lui offrir !... Ne lui ont-ils pas dit : « Tu verras, ils n'ont même pas la télé, là-haut !... Ca te fera les pieds ! »...

Et bien non... Ils n'ont pas la télé, les oncles... Et ils n'en ont pas besoin !... Ce qui se passe dans leur fief, c'est quand même bien mieux qu'au petit écran !...

*

Avant de se mettre à table, le Barnabé et le Léonard ont récité le Bénédicité. Max s'est tenu coi.

Le dîner est animé.

Le Barnabé explique.

- Vous comprenez, ce type, c'est un déhalère, bon. Mais c'est pas du gros poisson... Lui, c'est un intermédiaire, ça se voit... D'ailleurs, il est probablement consommateur, lui aussi. Mais ça ne sert à rien de lui demander. Cette denrée-là, ça ment comme ça respire. Tu ne peux pas t'y fier... Ce qui est sûr, c'est qu'il n'aurait pas hésité une seconde à mettre une grosse tête à Max pour... euh... disons, l'encourager à payer.
- Qu'est-ce qu'on va en faire ? demande le Léonard, comme s'il parlait d'un cageot de saucisses avariées.
- On va y réfléchir. Il ne faut pas faire de bêtises... Si on le relâche, il peut aller chercher du renfort et revenir nous causer du pays dans d'autres conditions. Si on ne le relâche pas, ses copains vont sûrement venir voir ce qui se passe... De toutes façons, pour le moment, un petit séjour au frais dans la vieille sciure moisie de la petite cave lui permettra de méditer un peu sur les misères du monde.

Le Barnabé marque un temps, et poursuit.

- Si on le dénonce aux gendarmes, ça sera difficile de passer sous silence les conneries de notre bougre de neveu, n'est-ce pas, Max ?... Tu ne voudrais quand même pas que les gendarmes apprennent que tu consommes de la drogue, même si ce n'est que du pétard... Mmmmh ?... A propos, pour lui devoir une ardoise de huit mille balles, à Césarin, tu en es où, au juste, dans tes prises de charges ?... Mon petit doigt me dit que ce n'est pas seulement avec de l'herbe magique que tu t'envoies en l'air, non ? !… T'en es quand même pas à la piquouze ?…

Max réagit immédiatement, en un sursaut qui tranche avec l'attitude en retrait qui est la sienne, depuis l'arrivée du dealer.

- Je ne me pique pas !… Et je ne me suis jamais piqué !…
- Je te crois, fait l'oncle avec bienveillance… Mais apparemment, tu ne t'es pas contenté de la fumette, laquelle en soi n'est déjà pas si mal pour se détériorer les cellules grises…

Max baisse le nez.

- Bin oui… J'ai pris de l'exta, aussi.
- De l'extasy ?… demande le Léonard, soucieux de précision scientifique.
- Oui… Mais pas de trop.
- C'est toujours de trop, ces petites confiseries-là, mon p'tit gars, dit le Barnabé. Bon… Ce type te fournit en quoi, au juste ?
- Herbe, cannabis, extasy.
- Bin voyons… Et comme c'est quelqu'un de bien, qui a confiance en toi, il t'a octroyé une carte de crédit sans frais.

Le ton ironique du Barnabé est aussi piquant qu'un dard de frelon passé à la pierre à huile.

- Euh… oui.
- Et monsieur Bob, un jour, il en a eu marre de ton découvert. Alors il t'a demandé de régler le capital, les intérêts et les agios dans la même pochette rose, qu'autrement, tu risquais de recevoir une

dérouillée, qu'après t'allais ressembler à un accident de chemin de fer à toi tout seul.
- Oui… penaude Max qui ne peut cependant s'empêcher de sourire au passage du style verbal employé par son oncle.
- Alors toi, t'as paniqué. T'as essayé de piquer de l'argent à tes parents pour lui donner… Piquer, c'est pas beau, soit, mais ça te dispensait de fournir des explications embarrassées sur la destination de l'argent, n'est-ce pas ?
- Euh… Oui… c'est ça.

Max est à la fois anéanti et subjugué par la clairvoyance de son vieil oncle au masque de pachyderme moustachu.
- Bon. Seulement, tes parents (ton père ou ta mère, je ne sais pas, et peu importe), t'ont pris sur le fait, et tu n'as pas eu le loisir de donner de l'argent à ton fournisseur, juste ?
- Oui… murmure Max.
- Toi, tu n'as pas voulu leur dire à quoi cet argent était destiné, ni la situation dans laquelle tu te trouvais. Alors, ils ont pensé que tu volais par vice… Ceci ajouté aux résultats scolaires a fait tomber la sanction: direction la combe de Pierroche, chez les vieux irascibles caractériels… non ?
- Si.
- Et vraisemblablement, tes parents ne savent même pas que tu te drogues, et encore moins que tu as un déhalère aux fesses, mmh ?
- Non. Ils ne savent pas…

- Bon… fait le Barnabé en se versant un verre de rouge, quand est-ce que tes parents ont pris la décision de t'envoyer ici, en… euh… en pénitence ?

Max hausse les épaules devant son assiette à laquelle il n'a pas touché.

- Ca fait longtemps qu'ils me menacent de m'envoyer en pension chez vous pour me punir… Alors, quand ma mère m'a surpris à lui piquer de l'argent, il y a trois jours, ça a bardé. Comme vous pouvez vous en douter, il y a eu un gros orage à la maison. C'est à ce moment-là que mes parents ont pris la décision de m'envoyer ici. Moi, j'ai vu que je ne pourrais pas payer Bob dans les délais. J'avais vraiment peur de sa réaction. J'ai donc chargé un copain de lui dire où j'allais. Je pensais l'amadouer en jouant franc-jeu avec lui, pour pas qu'il se fâche… Pour pas qu'il croit que je ne voulais pas le payer. Manifestement, ça a eu le résultat inverse. Il est arrivé ici fou furieux après moi… Pardon de vous avoir fait toutes ces histoires…

Le Barnabé rigole en regardant son frère.

- Bah… ça nous fait de l'animation, pas vrai, Léo ?

L'interpelé prend un air offusqué.

- De l'animation!… De l'animation!… Comme si on avait du temps à perdre avec des gamineries pareilles!… Avec tout le travail en retard qu'on a!…

Le Barnabé rigole de plus belle, et se tourne vers son neveu.

- Dans le fond, tu as bien fait de ne pas dire à tes parents que tu te drogues… Parce que tu allais te retrouver dans les mains d'un psy ou quelque chose comme ça, au lieu d'atterrir ici chez tes vieux oncles… Ici, pas besoin de psy, si tu as assez de bonne volonté pour nous écouter. Et pis d'abord, si tu es une petite frappe qui n'a rien que de la mauvaise volonté, c'est pas un psy qui te remettra sur les rails. Ni nous, d'ailleurs… Mange un bout, sacré nom de nom !…

Le Barnabé montre l'exemple en se coupant un confortable morceau de fromage de chèvre pour conclure son repas.

Max soupire… Les événements lui ont quelque peu coupé l'appétit, mais il se force un peu, pour faire plaisir à ses oncles.

Il sent croître en lui une immense affection pour ces deux personnages hauts en couleur, qui prennent fait et cause pour lui.

- Dites, fait-il gauchement… Vous n'avez pas peur qu'il se venge de ce que vous lui avez fait subir, Bob?…

Le Barnabé hausse les épaules avec insouciance.

- Tu veux qu'il nous fasse quoi, ce petit blanc bec?… Qu'il joue les gros bras avec des p'tits gars comme toi est une chose. Qu'il fasse peur à des hommes comme moi et le Léo en est une autre. D'ailleurs, dans sa méchanceté, il m'a rendu service.

- Ah bon?!… fait Max, surpris. Et pourquoi donc?!…

- Parce que son arrivée ici m'a donné une occasion royale pour aborder de front avec toi ce putain de problème de drogue… Tu as remarqué que cet après-midi, et ce soir, à la chasse, je ne t'ai pas reparlé de ça ?…
- Oui… En effet… Ça m'a étonné, d'ailleurs.
- Bon. Et si je ne t'en ai pas reparlé, c'est parce que je ne savais pas par quel bout y attraper. Je ne voulais pas tomber dans le piège de la leçon de morale que tu n'aurais peut-être pas acceptée dans ton for intérieur, tout en me donnant l'impression que oui.

Max regarde son oncle avec des yeux pensifs.
- C'est drôle, comme tu me parles, tonton… Personne ne m'a jamais parlé comme ça.

Le Barnabé, qui a fini son fromage, cherche sa pipe du regard, en direction du buffet et du rebord de la fenêtre, tout en fouillant d'une main distraite dans les poches de sa veste.
- Y'a rien de drôle à ça, mon p'tit gars. J'essaie de te causer comme à un homme. Point.

Ses paupières exécutent un battement satisfait, car il vient de trouver sa pipe au fond d'une poche de son pantalon.

Le Léonard ajuste ses lunettes de ski et sort en déclarant :
- Je vais faire une ronde à ma lampe. Je ne voudrais pas louper transversa, s'il vient.
- Qui çà ?… S'inquiète Max.
- Transversa est un papillon de nuit, révèle le Léonard en refermant la porte derrière lui.

- Vous êtes vraiment extraordinaires, tous les deux !
- Pourquoi ? demande distraitement le Barnabé dont l'attention est concentrée sur le curage et le bourrage de sa pipe.
- Bin… Parce que vous vous comportez exactement comme s'il ne s'était rien passé. A vous voir, tous les deux, on est à mille lieues de soupçonner la présence d'un prisonnier dans une des caves de votre maison. Ca n'a pas l'air de bien vous perturber.
- Au contraire, mon garçon… Je ne pense qu'à lui. Parce qu'on ne pourra pas le laisser croupir dans son trou jusqu'à la vie des rats.
- Tu aurais vraiment tiré, tout à l'heure, s'il t'avait menacé ?
- Quand on est menacé, ce n'est pas un crime de se défendre… De là à descendre un homme de sang-froid, il y a une marge. Même s'il le mérite… Le principal, dans l'affaire, c'est qu'il ait cru que j'étais réellement capable de lui flanquer un coup de fusil… T'as vu comme il était mort de trouille ?… Et pis même maintenant, il ne doit pas en mener large, dans son trou…
- Qu'est-ce que tu vas en faire ?
- On verra demain. La nuit porte conseil… Mais dis-toi bien que ton gaillard, il ne mérite guère mieux qu'une crise de saturnisme aigüe due à une surcharge de plomb dans la cervelle. Et toi, si tu t'amuses un jour à revendre de la drogue à des paumés qui en consomment, tu ne mériteras pas mieux. Dis-toi bien ça, aussi…

Le jeune garçon baisse la tête.
- Maintenant que tu sais que je me drogue et que j'ai piqué de l'argent à mes parents, tu n'as pas envie de me mettre à la porte de chez toi ?...
- Non... répond le Barnabé avec un air étonné. Pourquoi voudrais-tu que je te mette à la porte ?... Pour que tu retournes dans ton mic-mac de mort ?... Pour que tu te fasses casser la figure par des mecs comme celui qu'on a soustrait aux rigueurs du soleil, dans la petite cave ?...
- Justement... Pourquoi être si sévère avec Bob, et si cool avec moi ?.. J'ai l'impression qu'il y a deux poids, deux mesures.
- D'abord, répond le Barnabé, martial, ici on est en terre de France. Alors on ne dit pas cool, mais indulgent. Ensuite, je ne pratique pas deux poids et deux mesures, comme tu dis, car les deux individus auxquels j'ai affaire, en l'occurrence toi et le dénommé Bob, ne jouent pas tout à fait dans la même catégorie. En d'autres mots, si tu préfères, le problème auquel je suis confronté n'est ni plus ni moins que de soustraire le dindonneau Max aux mâchoires du chacal Bob. Point, à la ligne.

Le jeune garçon ne trouve rien à répondre.

Le Barnabé enchaîne :
- Quand j'emploie l'expression de dindonneau, ce n'est pas pour me moquer de toi. C'est tout simplement parce qu'un dindonneau, on peut essayer de le rendre moins dindonneau. Alors qu'un chacal... Tu m'as compris ?
- Oui... murmure Max, songeur et penaud.

Son oncle le considère en allumant sa pipe.

Un moment de silence s'écoule, seulement troublé par les lèvres du Barnabé qui pompent de petits coups sur le tuyau de la pipe, en rejetant des bouffées de fumée à la bonne odeur de pain d'épice.

Max relève la tête et regarde son oncle bien en face.

- Il y a une chose que je voudrais quand même bien savoir, tonton…

- Ah ?… Laquelle ?

- Comment se fait-il que tu sois si bien au courant de toutes ces choses ?… Je me rends compte que tu es drôlement dans le coup. Et l'oncle Léonard aussi, d'ailleurs.

Le Barnabé affecte si bien l'étonnement qu'il réussit à en paraître vraiment ahuri.

- Et alors ? On n'a pas le droit d'être au courant ?

- Euh… Si, si, bien sûr… Mais tout de même… Je ne m'attendais pas à ce qu'ici, loin de tout, vous soyez au courant de tout, comme ça…

Les yeux d'éléphant du Barnabé pétillent de malice derrière la fumée de sa pipe.

- C'est pourtant bien simple, mon p'tit gars… Il se trouve que le Léonard et moi, nous sommes tous les deux en possession d'un cerveau. Or, il se trouve également que ce cerveau a un esprit… Et notre esprit, il n'est pas déglingué comme celui de pas mal de nos contemporains. Pour te dire : on ne fume pas d'herbe, et on n'a pas la télé. Et bin rien qu'avec ça, mon p'tit gars, on part avec une sacrée longueur d'avance sur le peloton des éclatés... Et pis quand tu dis qu'on sait tout, avec le Léonard, t'es bien loin du compte... Parce qu'on sait des choses dont tu ignores tout. Viens, je vais te montrer.

Le Barnabé prend cet air malicieux que Max commence à connaître. Il se lève de sa chaise et se dirige vers la porte en invitant son neveu à le suivre.

- Nous allons monter à l'observatoire, annonce le Barnabé.

- L'observatoire ?

- Ouais.

- C'est quoi, encore, ça ?

- Tu vas voir... sourit mystérieusement le vieux. Mais avant, on va aller voir ce que fait notre entomologiste.

Ils sortent.

Et ce qu'ils découvrent dehors a plutôt tendance à confirmer à Max qu'il se trouve bel et bien dans une maison fabuleuse. Une maison qui ferait pâlir le théâtre de Paris, les studios d'Hollywood, et le cirque Zavatta réunis...

Mes amis, quel spectacle !

Sur l'immense drap blanc illuminé comme une scène de gloire par le flot de la fameuse lampe à côté de laquelle un projecteur de D.C.A. ferait figure de loupiote anémique... Sur l'auréole de tissus immaculé comme une banquise lunaire, rampe une espèce de phoque lunetté et bonnetté, qui s'étire de toute sa courte longueur, au prix de mouvements dont la grâce évoque sans coup férir les obscures prémices de l'évolution animale si chère à Darwin. Pour l'heure, l'animal cherche sa pitance avec un discernement maniaque, en sélectionnant, au moyen d'une impitoyable pince de philatéliste, les insectes étourdis de lumière qui jonchent le drap…

L'étrange prédateur tient du lamantin échoué, du tamanoir gastronome triant sa nourriture, et du bébé chimpanzé épouillant la toison d'un albinos géant.

Les papillons capturés sont examinés sommairement avant d'être soit enfournés sans transition dans un bocal dont le couvercle claque impitoyablement sur chaque victime, soit autorisés à continuer de vivre leur vie.

Les infortunées proies du bocal ne représentent qu'un infime contingent des insectes grouillant sur le drap dans une palpitation d'ailes veloutées.

Le Barnabé, pourtant habitué à ces insolites prestations, ne peut s'empêcher de sourire. Max, en revanche, ne peut qu'ouvrir tout grand la bouche et les yeux.

- Ca va, Léo ?… Tu trouves ton bonheur ?…

Un grognement porcin répond.

- Grmmbll… Pas le moindre transversa… Mais il y a du petit commerce qui est intéressant quand même.

Sans se lever de sa couche, le Léonard parvient à tourner vers les nouveaux venus son regard plus lunetté que celui d'un plongeur sous-marin. Autour de sa tête, des micro-papillons décrivent des orbites tressautantes en brillant dans la lumière de la lampe comme des satellites sidéraux.

- Ca t'intéresse, les papillons, mon p'tit gars ? Demande-t-il...

- Ca a l'air intéressant, ma foi…

- Bon, et bin si tu veux, tu viendras m'aider à classer tout ce merdier, fait le savant allongé sur le drap, en désignant les amas de bestioles volantes d'un geste aussi ample que circulaire.

Le Barnabé désigne d'un coup de menton méprisant la porte de la petite cave-cellule, à demi enterrée, là-bas le long du mur.

- Et l'autre insecte, là-bas… Comment se porte-t-il ?

- Oh… je suis allé lui dire à travers la porte qu'au moindre bruit suspect, c'est la piqûre d'ammoniaque !… Alors, tu penses, il se tient peinard.

Le Barnabé ne peut s'empêcher de rire, sans bruit. Max demande intrigué.

- C'est quoi, au juste, cette histoire de piqûre d'ammoniaque ?

- Je vais t'expliquer, s'empresse le Léonard, heureux de susciter de l'intérêt scientifique chez un jeune.

Max se cabre .

- M'expliquer quoi ?.. Tu ne vas quand même pas faire une piqûre à Bob… dit-il à voix basse.

Le tonton-scaphandrier-explorateur-chimiste rit du nez, à cause des lunettes.

- Mais non, bougre de grand dadais… Les piqûres d'ammoniaque sont utilisées pour les gros papillons du genre paon de nuit, lychenée ou sphynx… Lorsqu'on capture un spécimen intéressant sur le plan scientifique, on lui fait une injection d'ammoniaque. Tout d'abord, ça abrège radicalement son agonie. Et puis ça évite qu'il se débatte dans le bocal en abîmant ses ailes qui sont très fragiles. Enfin, ça assure une meilleure souplesse dans sa conservation, et on pourra l'étaler beaucoup plus facilement lorsque l'heure sera venue pour lui de rejoindre ses congénères dans un cadre. Voilà… Pour le moment, il est inutile de t'en dire plus. Demain, on jettera un coup d'œil dans ma collection. Tu comprendras mieux.

- Pour l'instant, tonton, si je peux me permettre une remarque, c'est que tu détruis la nature, avec tes chasses.

Derrière ses lunettes, le Léonard ouvre des yeux grands comme des moules à tarte.

- Détruire la nature ?… Moi ? !… s'exclame-t-il au bord de la suffocation. J'espère que tu plaisantes !… Je capture deux ou trois cents papillons par ans, en moyenne. Il y en a autant qui s'échabousent sur le radiateur et la carrosserie de n'importe quelle voiture qui roule une heure par une belle soirée d'été… Alors, tu multiplies ça par le nombre de voitures qui roulent dans le monde, par les belles soirées d'été, et tu auras une idée de ce qui se détruit chaque année. Il faut être sérieux. Je prélève moins de papillons en une année qu'une seule petite chauve-souris en une semaine… Que dire alors des milliers de tonnes de pesticides et d'insecticides qu'on répand dans le monde ?… Sans causer des maladies que ça provoque chez les gens, tu imagines un peu le carnage chez les lépidoptères ?… Remarque bien que ta réflexion est reprise par des gens sensés être intelligents, qui désignent les collectionneurs de papillons comme les principaux responsables de la disparition de certaines espèces.

Le Léonard soupire, fataliste.

- Bah… C'est comme pour toute chose embêtante. Il faut trouver des boucs émissaires. On ne risque pas grand chose de s'en prendre aux lépidoptéristes !… Remarque qu'il faut veiller au grain. Si ça continue, on va être fichés comme de dangereux criminels destructeurs. Si les gens qui nous montrent du doigt ont affaire un jour à de véritables terroristes, ça leur remettra les idées en place !…

Sur cette péremptoire déclaration, le Léonard conclut :

- Pour étudier, il faut en payer le prix, mon p'tit gars… les savants et les chercheurs ont souvent été des martyrs.

Max est subjugué.

Comme la vie est différente, chez ses oncles.

Déjà, le Barnabé l'entraîne vers l'escalier qui conduit au premier. A l'étage, on traverse le couloir en passant sans s'arrêter devant la porte de sa chambre.

Le maître des lieux pousse la porte du fond, qui donne directement sur l'ancienne grange, plongée dans l'obscurité, et actionne un commutateur, de façon à éclairer la moitié de ce grand espace.

L'endroit est saisissant. La grange, bien loin de sa destination première qui consistait à recevoir le stock de foin nécessaire au bétail pour passer le long hiver jurassien, est maintenant équipée comme un… laboratoire. Un laboratoire avec des tables chargées de matériel de chimiste, des immenses rayonnages où sont alignés dans un ordre surprenant des livres scientifiques, des cahiers, des classeurs, tout un assortiment d'instruments de physique… Des armoires contenant des rayonnages de boites vitrées contenant une quantité impressionnante de papillons et de coléoptères soigneusement classés, étiquetés avec les noms latin, la date et le lieu de capture… Toute une série d'aquariums de différentes dimensions, avec des plantes et des animaux aquatiques, des vivariums avec des reptiles, d'autres avec des insectes et des araignées…

- C'est quoi, tout ça ? demande Max, complètement ébahi.

- C'est le labo du Léonard… Il élève des bestioles pour les observer et consigne toutes ses observations dans des registres. Il en élève d'autres, surtout des insectes, pour nourrir celles qu'il étudie.

- Et… euh… ça sert à quoi, ces recherches ?

- Comme toutes les recherches : à rien si tu ne trouves rien, et à faire avancer la science si tu trouves quelque chose… Sans perdre de vue un principe fondamental : si tu veux trouver, il faut obligatoirement commencer par chercher… Si ça t'intéresse, tu auras le temps de découvrir tout cela plus en profondeur, dans les temps qui viennent. Ca à l'air de rien, comme çà, d'étudier les papillons… Mais pour faire du travail sérieux, il faut aussi connaître les plantes, car chaque espèce vit, en principe, sur une ou plusieurs plantes bien particulières.

Le Barnabé désigne la partie de la vaste pièce qui est restée dans l'ombre.

- Par là, le Léo élève des espèces cavernicoles qui ne supportent pas les brusques changements de lumière. Alors laissons ça de côté. Tu verras ça en temps voulu, avec lui…

Une fois de plus, le jeune garçon en reste bouche bée. Il est pourtant loin d'être au bout de ses surprises.

- Passons, enchaîne le Barnabé. Je vais te montrer l'observatoire.

Il lève le nez.

- Regarde là-haut, invite-t-il en montrant d'un geste théâtral une plate forme aménagée sur des solives directement chevillées sur les pièces maîtresses de la solide charpente à colonnes.

Cette plate-forme, à laquelle on accède par une large échelle de bois, est suspendue à trois mètres du sol, dans l'axe du faîtage du toit. Plusieurs personnes peuvent y tenir à l'aise, mais ce n'est pas la construction elle-même, qui épate le jeune garçon. C'est ce qu'elle supporte. Car elle sert d'appui à… un télescope !…

- Ca par exemple ! s'extasie Max. Tu fais de l'observation astronomique ?…

- Bin, tu sais, un outil comme ça, en principe, ça ne sert pas à faire des gaufres, mon p'tit gars… Et pis d'abord, tout à l'heure, en rentrant de la chasse, il me semble bien que je t'ai parlé de mon observatoire, non ?

- Oui, bien sûr, mais je ne pensais pas que tu étais équipé comme ça.

- Equipé… équipé… Ici, c'est quand même pas la NASA… Ni même le Pic du Midi… Viens donc, on va monter là-haut.

Les voilà grimpés sur la plate-forme.

De près, le télescope est encore plus impressionnant. Le tube fait plus de trois mètres. Il est monté sur un pied inclinable et orientable, manœuvré par des volants de laiton rutilants.

- Ca doit valoir une fortune, un engin pareil !…

Le Barnabé rigole en caressant le cylindre comme s'il s'agissait d'une pièce d'artillerie.

- C'est quand même pas toi qui l'as fait ? !… s'étrangle Max.

- Non. J'ai juste donné un petit coup de main au copain qui m'a fourni les pièces. C'est un opticien qui est passionné d'astronomie, et qui est venu me monter ce truc-là… Comme je lui ai appris pas mal de choses sur les champignons, il a voulu me remercier à sa façon, en me faisant plaisir…

Max s'aperçoit qu'au dessus de la plate-forme, des vitres basculantes ont été aménagées dans le toit, de part et d'autre du faîtage, si bien qu'on peut braquer le télescope aux quatre coins du ciel.

Le Barnabé éteint les lumières et montre les étoiles à travers les vitres.

- Tu vois, quand tu regardes l'infini, tu te remets à ta juste place. Là, ça ne rigole pas… On perd pied. L'Homme impose sa supériorité aux animaux parce qu'il sait mesurer les choses. Il mesure tout ; les volumes, les distances, les surfaces, la température, la lumière… enfin tout, quoi. Alors, quand il est devant l'infini, il perd pied… Parce que cette faculté de mesurer, qui le rend supérieur aux animaux, le rend en même temps infirme pour comprendre le divin…

- Le divin ?

- Ouais, le divin… Ce qui ne se mesure pas, si tu préfères. Les Ecritures ne désignent-elles pas Dieu comme l'Eternel ?… Et l'éternité dans le temps n'est-elle pas aussi insaisissable pour nous que l'infini de l'espace que nous avons devant les yeux ?… Tu vois, ce télescope qui t'impressionne par ses dimensions, et bin c'est une vulgaire loupe d'horloger à côté du matériel des grands observatoires. Et on aura beau fabriquer des lunettes électroniques ou numériques de plus en plus puissantes, jamais on n'atteindra les limites des profondeurs cosmiques.

- T'es sûr ?

- Bin oui… Parce que des limites, il n'y en a pas.

Max est songeur.

Il regarde les étoiles.

A Lyon, il ne regarde jamais les étoiles. On ne peut pas les voir, effacées qu'elles sont par les lumières de la ville.

- Tu connais leurs noms ?
- Evidemment, répond le Barnabé en haussant les épaules.
- De toutes ?
- Ouais. Du moins, celles qu'on peut voir.
- Tu fais comment pour retenir leurs noms ?
- Et bin je fais travailler ma mémoire et je l'entretiens, indique le Barnabé... Et pis l'entretenir, ça commence déjà par ne pas me passer les neurones au vitriol en fumant les saloperies d'herbes que tu fumes, par exemple.

Max ne se vexe pas de la remarque. Il l'accepte avec un fair-play qui fait comme quelque chose de chaud, dans un coin du cœur de son oncle.

- Elles s'appellent comment celles qui forment cette espèce de grand carré, là ?
- Ca s'appelle justement le carré de Pégase. Et les étoiles qui le forment s'appellent Alpha, Bêta et Gamma de Pégase, ainsi que l'étoile Sirrah d'Andromède, qui appartient à la constellation voisine d'Andromède, à l'est.
- Tu dois être drôlement calé en astrologie...
- Astrologie ?... Qué astrologie ? !... Moi, j'essaie d'étudier l'astronomie. Et la vie est bien trop courte pour que je perde du temps avec des foutaises

comme l'astrologie. Je laisse ça aux ignorants qui se font berner par tout ce qui brille.

Le vieux cligne de l'œil.

- Demande voir au dénommé Bob si son horoscope lui a annoncé une nuitée gratuite à la campagne avec chambre tout confort et vue imprenable ?…

Il redevient sérieux.

- Bon. C'est pas le tout… Faudrait voir à aller traire la Cabrette. La pauvre, avec tout ça je l'ai oubliée. Heureusement qu'elle est presque tarie, qu'autrement tu l'aurais entendue brailler pire qu'une nichée de putois !…

*

VI

Assis sur un billot de foyard, devant la porte de la maison, chaudement vêtu d'une capote militaire, coiffé d'un bonnet de laine légué par Mathusalem, le Léonard monte une triple garde dans la nuit qui s'avance.

Il guette l'arrivée de ce satané transversa à sa lampe de chasse. Dire que ce papillon est classé commun dans le Jura, et que lui, le Léonard, n'arrive pas à en faire venir un seul à sa lampe. Transversa n'habite peut-être pas à Pierroche. Dans ce cas, il serait intéressant de savoir pourquoi. En attendant, le chasseur tressaute à chaque fois qu'un papillon entre dans le champ lumineux de la lampe piège.

Il surveille aussi du côté de la route, pour parer l'éventuelle arrivée d'une voiture ennemie.

Il supervise également la tranquillité de la cave-cellule, où le dealer prisonnier ne fait pas le moindre bruit depuis son incarcération qui remonte maintenant à plus de cinq heures.

Minuit approche.

Le meilleur moment pour les papillons touche à sa fin, mais le Léonard n'envisage pas d'aller se coucher, comme il le fait après chaque veillée de chasse.

Son fusil chargé est appuyé canons en l'air contre le mur, à portée de main.

Dans sa chambre dont la fenêtre donne directement sur la cour, le Barnabé dort à poings fermés. Son propre fusil, chargé comme celui de son frère, est également à portée de main, contre la table de nuit.

Le Barnabé est confiant dans la vigilance du Léonard placé en sentinelle. C'est pour ça qu'il dort aussi profondément. Cette confiance est bien partagée par le Léonard qui obéit sans discuter aux ordres de son frère, depuis tant d'années.

On retient le dealer prisonnier ? bon.

Il faut monter la garde ? bon.

Il faut donner l'alerte au moindre doute ? bon.

Il faut réveiller le Barnabé sur le coup des deux heures du matin pour qu'il prenne son tour de garde ? très bien. On ne discute pas.

Si le Barnabé a décidé comme ça, c'est que c'est bien. Il n'y a pas à y revenir.

C'est ainsi depuis toujours, à Pierroche.

Chacun son poste.

Et ça marche.

Dans sa chambre, Max a fini par s'endormir, rompu de fatigue, de surprises et d'émotions.

Avant de trouver le sommeil, il a pensé à sa journée… à tout ce qu'il a vu et entendu.

Il s'est dit qu'il avait vécu le jour le plus intense de sa vie, entre l'œnologie, les papillons, les bécasses, les chèvres, les choux-raves, les chevreuils, les bestioles du Léonard… Une journée dont le point culminant avait été sans conteste l'épisode de la capture du dealer… Et dire que ses oncles ne savaient même pas ce qu'ils allaient en faire.

La question a taraudé Max.

Que va-t-on faire de Bob ? Les oncles ne vont tout de même pas le séquestrer jusqu'à la saint glin-glin dans son cul de basse fosse.

Une autre chose a intrigué le jeune garçon : le chapelet que son vieil oncle tenait à la main quand il est venu lui dire bonne nuit. Il sait vaguement ce qu'est un chapelet, même s'il ne sait pas s'en servir. Il croyait d'ailleurs que plus personne ne se servait de cet ustensile du temps passé, à part peut-être quelques attardés mentaux ou esprits superstitieux. Or, son oncle lui a amplement démontré qu'il est loin d'appartenir à ce genre de catégorie. Au contraire.

C'est sur ces considérations que Max a fini par sombrer dans un sommeil réparateur.

*

Dans sa prison, Bob est non seulement plongé dans l'obscurité et l'odeur de moisi, mais aussi dans une rage intérieure aussi sourde que lancinante.

Une rage contre ces deux maudits vieux clowns qui l'ont humilié, qui se sont joué de lui comme un guignol, lui, Bob, le mec, le caïd, qui fait la loi là-bas dans les cités. Lui qui se moque des flics et qui règne sur un monde d'adeptes de l'herbe et du cannabis.

Il s'était lancé à la poursuite de ce petit rigolo qui ne voulait pas payer sa marchandise… Enfin, où va-t-on si les consommateurs se mettent à ne plus payer ?… Quoi de plus légitime que de venir récupérer l'argent dû ?… Et même d'administrer une bonne correction au mauvais payeur, pour lui inculquer les règles les plus élémentaires du savoir-vivre ?…

Et voilà que non seulement il n'a pas eu un sou, mais qu'il se retrouve séquestré dans un trou infect après avoir été menacé d'une vieille pétoire quasi préhistorique qui vous ferait des trous gros comme des portes de grange, et gratifié d'une rafale de coups de pieds au cul par une espèce de gnome vociférant.

C'est un comble, cette situation !…

Ce que les policiers et les gendarmes n'ont pas réussi à faire, deux petits vieux l'ont réussi sans coup férir. Deux petits vieux vivant loin de tout, dans un bled pas croyable, à sept ou huit kilomètres du premier village, et encore, pas un gros…

Et lui, Bob, qui arrivait là pour tomber sur le dos de Max, lequel, naïf, se croyait bien en sécurité dans son trou perdu… Lui, Bob, qui était loin de se douter qu'il allait recevoir la leçon de sa vie par deux vieux fous dégénérés qui vous flanqueraient un coup de fusil encore plus facilement qu'un voyou des cités joue du cutter.

C'est même pire que s'il avait été écroué par les flics. Dans une gendarmerie ou un commissariat, il y a de la lumière, des toilettes, des radiateurs… On a droit à un avocat.

Ici, rien de tout cela. Les ténèbres. L'humidité. Rien pour s'asseoir ni pour pisser. Et comme geôlier, un petit vieux chauve psychopathe qui surveille des papillons avec un fusil à côté de lui, et qui vient vous menacer d'une piqûre d'ammoniaque au moindre geste qui fait un peu de bruit.

La colère interne du dealer s'additionne d'une sourde angoisse, car il s'est bien rendu compte que ces deux vieux, en plus d'avoir le cerveau fêlé, ne reculeraient devant rien s'ils se sentaient menacés. Ils les croient tout à fait capables de le liquider sans autre forme de procès, et d'aller l'enterrer au fin fond de la forêt, où jamais personne ne retrouverait son cadavre.

Le chenapan est plus dénué de scrupules que d'intelligence. Les heures passées dans sa geôle lui sont propices à la gamberge.

Il réfléchit donc beaucoup.

Et il finit par se rendre compte que ces vieux-là ont finalement un gros point commun avec lui, même si leur mode de vie est radicalement opposé au sien.

Ils vivent en marge de la société. Et s'ils n'en ignorent pas les lois, ils ne s'en embarrassent pas non plus pour vivre comme ils en ont envie.

Ces lois et ces règles morales, lui, Bob, les bafoue impunément parce que les gens qui sont sensés les faire respecter sont en quelque sorte prisonniers d'elles.

Lui, Bob, triche. Les flics non. Et il a toujours su en tirer l'avantage matériel que tire un tricheur sur un homme honnête.

Seulement là, il a affaire à des êtres qui ne s'embarrassent pas de certaines lois. Ils l'ont prouvé en le menaçant de leurs armes, en lui cognant dessus, même s'il ne s'agissait que de coups de pieds dans les fesses, et surtout en le séquestrant de la plus illégale des façons.

Habitué au jeu de l'illégalité contre la loi, il découvre aujourd'hui douloureusement ce qu'c'est que de se heurter à des hommes qui répliquent par une autre forme d'illégalité… Et cette forme-là, elle fait beaucoup plus peur au dealer qu'une patrouille de police.

Si ces deux vieux marginaux se permettent de prendre avec la loi des libertés équivalentes à celles qu'il se permet, lui, Bob, de prendre avec elle, et même si ces libertés n'ont pas le même but que les siennes, il ne voit pas, lui, Bob, au nom de quel code de conduite ces deux vieux justiciers improvisés ne le feraient pas passer de vie à trépas…

Tels sont les affres dans lesquels se débat le roitelet de la drogue, déchu en un instant pour se retrouver dans la condition d'un rat prisonnier. Un rat dont le sort est suspendu au bon vouloir de deux vieux fous.

*

Deux heures.

Une ombre entre dans la chambre du Barnabé.

Une silhouette presque aussi large que haute. Car une capote militaire est garnie de doublures qui vous élargissent les épaules de manière beaucoup plus spectaculaire que quelques années de body-building…

Avec le bonnet de laine qui protège sa calvitie des éventuelles gelées nocturnes, le fusil à la main et les lunettes sur le front, le visiteur nocturne évoque une sorte de pilote de chasse de la première guerre mondiale descendu en flamme en plein territoire ennemi.

Sa main se pose sur l'épaule du Barnabé avec le doigté que seul, un cadet respectueux du droit d'aînesse possède, lorsqu'il interrompt le sommeil de l'aîné.

- Mouais… grogne le Barnabé à travers ses moustaches.

- J'ai bien vu que tu ne dormais pas…chuchote le Léonard. C'est pour ça d'ailleurs que je me suis permis de te réveiller… Bon. Et bin c'est l'heure de ton tour de garde.
- Fais attention de ne pas réveiller Mademoiselle, répond le Barnabé.

C'est seulement à ce moment que le Léonard remarque la petite chatte qui dort sur l'oreiller, et qui ronronne à s'en fissurer les sinus.
- Et bin… Il y en a qui ne s'en font pas, murmure le Léonard, attendri.
- Rien à signaler ?
- Rien. Le prisonnier est calme.
- T'es sûr qu'il est pas mort ?
- Je ne pense pas… Et pis d'abord, il serait mort de quoi ?
- De trouille.
- Boh… De toutes façons, ça ne serait pas une grosse perte.

Le Barnabé s'assoit sur son lit. C'est à ce moment-là que le Léonard remarque que son frère est tout habillé.
- Où sont mes godasses ? demande le vieux en fouillant l'ombre du regard. C'est encore le chien qui m'a fait une farce.
- Mais non… rigole le Léonard. Tu les as mises sur la fenêtre. Je le sais parce que depuis dehors, j'ai senti leur parfum.

Les deux frères rigolent à voix basse.
- Bon… C'est pas le tout, fait le Barnabé en reprenant à la fois possession de son sérieux et de

ses chaussures. Va te reposer... Tu parles d'une histoire !... Ces tours de garde, ça ne te rappelle rien ?...

- Si, bien sûr, répond le Léonard... Mais en ce temps-là, j'avais vingt ans !...

- Ca, c'était le côté positif, convient le Barnabé en enfilant une canadienne fourrée... Mais si le monde était plus dur qu'aujourd'hui, il était aussi moins pourri...

- Pour sûr.

C'est sur ces considérations hautement philosophiques que le Léonard prend le chemin de sa chambre et d'un repos justifié par le devoir accompli, laissant en bonne conscience le relais au Barnabé. Un Barnabé qui commence son tour de garde en se bourrant une bonne pipe pour s'aider à veiller... ce qui ne l'empêche pas de maugréer :

- Voilà que je me mets à fumer la nuit, à présent... Et à cause de qui ?... D'un petit marchand de fumette !... sacrebleu... Cette denrée-là, rien que par sa présence, elle te corrompt tout un couvent de franciscains !...

Un fois la pipe allumée, il vérifie la porte de la petite cave-cachot.

Rien à signaler.

La grosse serrure et le battant, taillé dans trois couches de planches de sapin entrecroisées, constituent un rempart inviolable. Autrefois, on construisait solide...

Puis le Barnabé revient à la cuisine, et il allume une petite flambée dans le fourneau pour se faire chauffer un bol de café.

Comme si rien n'était, la chatte est venue voir ce qui se passe. Elle ne paraît pas trouver l'heure anormalement matinale pour le petit déjeuner, et elle miaule de misère pour rappeler son droit quotidien à la tasse de lait.

- Chut… lui intime le Barnabé à voix basse mais en roulant des yeux sévères. Tu vas réveiller toute la maison… Tiens, le voilà ton lait, coquine…

Entre sa pipe, son café et sa chatte, le vieux ne risque pas de s'endormir pendant sa garde.

La nuit s'écoule.

Une nuit interminable pour le dealer prisonnier. Car lui, il n'a ni lumière, ni café, ni rien du tout… Pas même un verre d'eau.

Et l'aube finit enfin par rosir l'est.

Elle en met du temps pour arriver, l'aube, lorsqu'on l'attend et qu'on la redoute à la fois… Lorsqu'elle peut vous apporter le meilleur comme le pire.

Le coq chante.

Il est bien réglé, le coq… Certes, il lui arrive de chanter pendant la journée, mais jamais pendant la nuit… Il a intérêt, d'ailleurs… Parce qu'à Pierroche, les coqs insomniaques ont vite fait de se retrouver cul nu dans un bain de vin parfumé à l'échalote.

Les chèvres mettent le nez dehors pour aller examiner la petite voiture rouge qui est restée toute la nuit à l'endroit où son conducteur l'a arrêtée, la veille, pour entamer avec le Léonard une conversation dont il avait mal évalué les prolongements. La carrosserie et les vitres sont tout emperlées de rosée.

Le Barnabé, fusil au poing dans la fraîcheur matinale, se plante lui aussi devant la voiture.

- Mazette... la jolie petite fusée à roulette... murmure le vieux. Y'a pas à dire, ça rapporte le commerce d'herbe !... C'est quand même surprenant qu'avec les hectares et les hectares que j'ai fauchés pendant ma vie, je ne sois pas devenu multimilliardaire...

*

Le dealer sursaute au bruit de la grosse clef qui tourne dans la serrure.

La petite porte s'ouvre avec un grincement sinistre, en libérant une lumière aveuglante et douloureuse pour ses yeux plongés dans le noir depuis une bonne douzaine d'heures.

Bob est à bout de fatigue, d'angoisse et d'insomnie.

Personne ne rentre.

Dehors, une voix crie un ordre peu aimable :

- Sors, saloperie !

Bob est noué de peur. Après avoir mijoté dans leur jus toute la nuit, ses nerfs sont sur le point de le trahir.

Il n'arrive pas à se décider à sortir.

Il ne parvient même pas à poser son regard sur le rectangle de la porte maintenant grande ouverte, car il irradie une lumière plus brûlante pour ses rétines que celle du soleil. Il détourne plusieurs fois son regard douloureusement plissé avant que ses prunelles commencent à s'adapter.

Dehors, on s'impatiente.

- T'es sourd ? !.. On t'a dit de sortir !

Alors Bob s'avance vers cette porte dont il a maudit la solidité toute la nuit… Et maintenant qu'elle est ouverte, il redoute de la franchir comme si la mort en personne l'attendait de l'autre côté.

Le voilà qui apparaît entre les chambranles, en se baissant pour passer sous le bas linteau de pierre, comme Lazare à la sortie de son tombeau.

Il n'a pas belle mine, Bob.

Son visage hâve, mangé de barbe, porte sous les yeux rougis d'insomnie des poches larges comme des pièces de cent sous… Ses cheveux sont collés de toiles d'araignées… Quant à ses vêtements naguère si élégants, ils sont à peu près aussi nets que s'ils sortaient tout droit de la malle d'un chiffonnier.

On est bien loin de la prestance du jeune premier qui est venu hier aborder le Léonard de si belle façon.

Cet homme défait se liquéfie encore plus lorsqu'il découvre la cour, et les gens qui attendent sa sortie. Il a d'ailleurs le réflexe de rentrer à nouveau dans son trou, comme un escargot dans sa coquille. Seul, l'ordre sec qu'il reçoit le dissuade de rebrousser chemin.

- Avance !… Et pas d'entourloupes !

Comme dans un cauchemar, Bob avance doucement, pour ne pas irriter les deux espèces de vieux guerriers qui le tiennent en joue avec leurs fusils de chasse, depuis l'autre côté de la cour. Deux vieux guerriers qui semblent sortis tout droit du maquis corse.

- Stop ! intime sèchement le plus grand des deux.

Bob obéit en levant instinctivement les mains en l'air, comme la veille, et reste planté là, dix mètres devant les fusils. Il est complètement réduit à l'impuissance. La distance entre lui et ceux qui le braquent lui interdit de tenter quoi que ce soit. Au moindre mouvement, il sait qu'il se fait abattre comme un chien, car la portée est idéale pour les fusils de chasse. En outre, les deux vieux fous ont pris soin de s'écarter d'une dizaine de pas, l'un par rapport à l'autre.

Le dealer n'en mène vraiment pas large, surtout qu'il croit percevoir dans l'attitude de ces espèces de maquisards schyzophrènes une furieuse envie de lui tirer dessus.

La peur lui noue la gorge. Il sent ses entrailles se liquéfier. Une mauvaise sueur mouille sa nuque. Sa bouche est sèche comme de l'amadou. Son cœur cogne à ses tempes.

Comme ces deux vieux ont l'air dur, avec leurs fusils braqués, leurs têtes patibulaires, leurs sourcils froncés qui expriment une colère haineuse…

Il n'y a aucune pitié à attendre. C'est clair.

Un insondable silence fige la cour.

Puis soudain, la voix du vieux qui ressemble à un éléphant s'élève, dure comme du granit.

- Tu ne mérites pas de vivre.

Les mots résonnent comme une sentence de tribunal.

Bob ne peut rien répondre… Il est paralysé par la peur… La situation est aux mains d'hommes incontrôlables. D'ailleurs, il sait que s'il tente de répondre quelque chose, ça risque de ne pas plaire aux vieux fous, et de se solder par une décharge de chevrotines dans les tripes.

- T'as compris ? insiste sèchement le vieux pachyderme moustachu.

Sans oser proférer un mot, le dealer hoche affirmativement sa tête accablée.

Cette réponse semble contenter le terrible interlocuteur qui reprend la parole d'une voix aussi tranchante qu'un couperet de guillotine.

- Tu ne mérites pas de vivre parce que tu ne fais pas cas de la vie des autres. Que t'importe l'avenir des gamins auxquels tu fournis ta marchandise de mort ?!… Seul compte pour toi l'argent que tu en tires… Aujourd'hui, la justice des hommes, en notre terre de France, est telle que tu seras condamné à une peine qui te permettra de sévir à nouveau, dans peu de temps, avec ton misérable trafic qui te permet de gagner facilement beaucoup d'argent… Beaucoup plus que l'ouvrier qui travaille à longueur de journée… Tu as donc pris goût à l'argent facile et abondant… Et je ne crois pas que tu sois vraiment disposé à revenir à d'autres moyens plus honnêtes pour gagner ta vie.

Pour nous, la cause est donc entendue : tu es un élément irrécupérable qu'il faut extirper de la société. Et comme la société est incapable aujourd'hui de t'empêcher de nuire, nous nous voyons obligés d'assumer nous-mêmes cette tâche de salubrité publique.

Le vieux s'arrête de parler.

La panique est encore montée d'un cran dans la poitrine du dealer. « Des fous !… Des fous furieux !… Ils vont me tuer !… Je suis foutu !… Personne pour les raisonner, dans ce trou perdu !… Et si jamais j'essaie de parler, ils vont me foutre un coup de fusil pour me faire taire !…Je suis fait comme un rat !… A moins que… »

Le regard du voyou glisse vers sa voiture, à une douzaine de pas… Aurait-il le temps de bondir jusqu'au volant ?… Non. Il n'aurait que le temps de se faire cribler avant d'y parvenir. Et en admettant qu'il y parvienne, il faudrait encore mettre le moteur en marche. Et ce n'est pas dit qu'il démarre au premier contact… Non. C'est insensé…

Et pourtant, c'est la seule chance de salut, car s'enfuir à travers champs n'offre absolument aucune chance face à des tireurs comme ces deux vieux sauvages, qui ont passé leur vie à braconner sur leur terre maudite…

Aucune chance.

Et voilà l'autre cinglé qui reprend la parole.

- Ce n'est même pas la peine de te laisser le temps de faire ta prière, car des rebuts comme toi, ça ne croit ni en Dieu, ni en Diable !...

Comme dans un cauchemar, le dealer voit les fusils s'affirmer aux épaules... Les yeux qui cherchent la ligne de mire. Les voilà qui visent au cœur, les assassins !... Il va mourir fusillé. Sans autre forme de procès. Sans fleur ni couronne.

C'est alors qu'un hurlement éclate.

- Arrêtez !

Tout le monde sursaute.

L'exécuté comme les exécuteurs.

Max fait dans la cour une irruption gesticulante, en criant et en sanglotant.

- Non ! Arrêtez ! C'est insupportable ! Vous n'allez tout de même pas le tuer ! Vous êtes complètement fous !...

Le jeune garçon crie en hoquetant. Les mots s'étranglent dans sa bouche. Il est en proie à une violente crise de nerfs.

- Mêle-toi pas de ça, toi !... Vocifère le petit teigneux chauve. Et dégage d'ici !... Que c'est toi qui risque de prendre un coup de fusil !

- Non ! Je ne m'en vais pas ! hurle Max en se campant devant les canons.

Tout va très vite.

Le dealer saisit cette occasion inespérée de jouer le tout pour le tout.

Il bondit comme un diable vers sa voiture. Un diable à ressort. Avec l'énergie du désespoir.

Pan !

Un coup de feu éclate dans son dos. Il sent les graviers de la cour gicler sur ses talons.

Pan !

Les plombs claquent et sifflent sur les pierres.

Il est toujours indemne. Il plonge au volant. Ses doigts trouvent la clef. Ca démarre. Ca rugit. La pédale s'écrase.

Pan ! Pan !

Les roues projettent des gerbes de graviers. Les pneus hurlent. La voiture bondit comme un missile. Elle fait cinquante mètres.

Pan !

Une volée de plombs fouette le coffre et le pare-brise arrière.

Ca y est. Il est hors de portée. Mais il accélère encore. La petite voiture dévale la route qui descend vers la vallée comme une fusée. Le premier virage est négocié en dérapage, dans des crissements épouvantables, à la limite de la sortie de route.

Dans la cour, le Léonard ne résiste pas au plaisir de tirer un dernier petit coup de feu. En l'air. Comme ça. Histoire de faire bonne mesure.

- Gaspille pas les cartouches… le houspille son aîné en rigolant. Il nous a déjà assez coûté de poudre et de plomb comme ça !…

Il écoute un instant.

- Ecoutez-moi un peu ce rallye de Monte-Carlo !..

De fait, le moteur de la voiture qui s'éloigne comme un météore, accompagné de couinements de gomme à chaque virage, éveille tous les échos des

barres rocheuses surplombant la combe de Pierroche !...
- Il conduit pire que s'il avait le Diable au cul !... commente le Barnabé en connaisseur.
- Le Diable où la chiasse !... rectifie le Léonard.

Les éclats de rire se mêlent à la fumée des fusils et à l'odeur de la poudre qui se dissipe lentement dans l'air frais du matin.

Max regarde admirativement ses oncles. Ils lui paraissent auréolés de gloire, comme les vieux grenadiers de l'Empereur, au soir de la bataille d'Austerlitz.
- Et bin celui-là, on n'est pas près de le revoir par chez nous !... commente le Barnabé en écoutant mourir le bruit de la voiture.

Le Léonard se tourne vers Max.
- Félicitations, mon p'tit gars. T'es doué pour le cinéma mieux que Gérard Depardieu.

Max fait une moue modeste. Puis il sourit.
- Bah... C'est rien à côté de ce que vous avez fait... Quand je vous regardais, depuis derrière les rideaux, vous m'avez donné froid dans le dos, tellement vous paraissiez vrais, tous les deux...

Les deux braves rigolent.
- Ah, ah !... Pour ça, quand on voyait la tête qu'il faisait, on était bien obligé de reconnaître qu'on ne devait pas être si mal... Pas vrai, Léo ?
- Oh ! oh ! oh !... s'esclaffe le Léonard. On devrait monter une équipe de théâtre... Tout était bien synchronisé !... Il est sûr qu'il revient de l'enfer, le marchand de délire !... Oh ! oh ! oh ! T'as vu

comme ils sont courageux, ces petites frappes qui règnent sur les cités ?... Non, mais, t'as vu, mon p'tit gars ?... Il n'est pas près de te chercher à nouveau des noises, celui-là... Les plombs dans le cul de sa bagnole, il va les entendre encore longtemps, crois-moi !... Entre parenthèse, je suis bien content de moi, tiens !... J'ai tiré juste à la bonne distance. Plus près, je pétais le pare-brise et il aurait pu morfler lui-même. Plus loin, il ne se serait peut-être même pas rendu compte qu'on lui avait tiré dessus pour de vrai... Quand il y repensera, jamais il ne pourra croire qu'on a monté ça rien que pour lui faire peur. Non... Il ne pourra jamais y croire !... On a vraiment bien joué.

- C'est vrai, convient le Barnabé en redevenant sérieux. On a bien joué. En tout cas au niveau du dénommé Bob, il ne viendra plus embêter le neveu. Ca, c'est sûr et certain... Le reste, c'est autre chose... Les jeunes continueront encore à se laisser prendre au piège de la drogue. Surtout si ce piège est banalisé par l'exemple que donnent une certaine catégorie de personnalités médiatiques... Alors, ce que deviendra le Bob, quelque part, il faut bien l'avouer, même si c'est malheureux, ce sera par rapport à un monde dont les références ne sont pas les nôtres...

Le Barnabé se tourne vers son neveu. Il est grave.

- Tu te rappelles, hier, quand tu voulais nous dire que tu rejettes la société actuelle ?

- Oui, répond sans hésiter le jeune garçon.

- Bon. Et bin tu peux voir que nous deux du Léonard, on est pas vraiment des prototypes de citoyens du monde moderne.
- C'est le moins qu'on puisse dire…
- Bon. Alors, quand tu rejettes le monde moderne, tu n'as pas forcément tort… Cependant, tu n'auras vraiment raison que le jour où tu ne te contenteras plus de rejeter, mais aussi d'accepter et de défendre des valeurs qui sont précisément en train d'être détruites et oubliées par ce monde que tu rejettes… Et ces valeurs-là, on peut t'aider à les retrouver, si tu veux.

Le neveu a une réponse…

Une réponse qui caresse comme un baume le cœur de ses vieux oncles :

- Vous savez, il me semble que vous avez déjà commencé.

*

VII

Les jours s'écoulent à Pierroche.

Max s'est laissé plonger dans cette vie si différente de ce qu'il a connu jusqu'alors.

Il apprend à connaître les champignons sous la bienveillante férule du Barnabé. Un Barnabé qui l'initie le soir aux mystères du cosmos.

Il apprend aussi à traire une chèvre, à casser du bois à la hache, à se servir d'une bêche, d'une scie, d'une tronçonneuse, et une foule d'autres choses.

Avec le Léonard, il découvre le monde des insectes... Un monde jusque là insoupçonné, qui s'étend à celui des plantes.

- Et encore, lui dit souvent l'oncle… Pour les plantes, il faudrait que tu viennes à la belle saison. A cette époque, elles sont toutes ratatinées.

Les journées sont si bien employées qu'elles sont trop courtes, même si elles se prolongent le soir par les chasses nocturnes et l'observation des étoiles.

Pas de télé. Ca ne lui manque même pas.

Plus de pétard. Ca lui manque encore moins.

Rien que de la confiance, des échanges et de la bienveillance.

Max découvre que ses oncles ont amassé au cours de leur vie une formidable quantité de connaissances qui fait d'eux d'authentiques savants. Des savants atypiques, certes, mais des savants quand même. Il a constaté aussi que leur passion pour les études n'a d'égale que le plaisir de transmettre leur savoir.

Le jeune garçon s'applique et s'intéresse.

Les anciens se mettent en quatre pour lui apprendre. Max se sent aimé et respecté à la fois.

Le Léonard et le Barnabé ont trouvé un élève aussi réceptif qu'enthousiaste. Et Max découvre des professeurs formidables. Des professeurs qui enseignent l'école de la vie... Il s'est si bien plongé dans sa nouvelle existence que l'absence de copain et de copines de son âge ne le gène même pas.

On a reparlé quelquefois du dealer, car le jeune garçon a redouté la venue d'une expédition punitive musclée. Mais son inquiétude a fini par s'estomper devant la sérénité des tontons.

- Il ne remettra jamais les pieds ici, t'en fais pas... lui ont assuré à plusieurs reprises le Barnabé comme le Léonard.

Les jours qui passent ont donné raison aux oncles et confiance au neveu.

Pourtant, la combe de Pierroche va recevoir une visite inattendue.

*

Les vacances de la Toussaint vont arriver.

Max n'aura manqué le lycée qu'une dizaine de jours.
- Tu n'auras pas manqué plus que si tu avais eu la rougeole, philosophe le Léonard. Pour un redoublant, c'est rien du tout. Surtout si tu reprends le collier avec l'envie de bosser pour de vrai.

Le neveu est passé de l'état de grand adolescent révolté à celui d'étudiant passionné des choses de la Création.

Le contact avec ses oncles a permis à Max de se trouver lui-même, en éveillant une passion insoupçonnée, qui pourrait bien n'être que la partie visible d'une vocation. Le jeune garçon ne parle plus que d'animaux, d'environnement et de bien d'autres choses auxquelles il n'avait pas accès en ville, et qui ne représentaient rien de concret pour lui.

Un splendide soleil d'automne a permis de belles sorties dans la montagne, et des observations intéressantes à tous les niveaux. Ce temps sec et ensoleillé, aux nuits fraîches et génératrices de gelées blanches dure depuis l'arrivée de Max.

Mais ce matin, pas de gelée.

Le temps s'est couvert pendant la nuit.

Le ciel est plombé. La montagne « sent » la neige. Cette senteur froide et indéfinissable que les montagnards connaissent bien mais qui est si difficile à décrire… Cette atmosphère de glace sans glace, de rouille, de terre humide et de bois gelé…

Le jeune garçon a pu constater que ses oncles n'ont pas besoin de bulletin météorologique pour savoir le temps qu'il fera.

Ce matin, le Barnabé est catégorique.

- Il va neiger aujourd'hui. Qu'est-ce que je t'ai dit hier soir ?

Le Léonard ajoute, pour faire bonne mesure :

- Et pis même que ça risque bien de faire une tempête… Quand on voit la gueule des nuages…

Le Barnabé hoche gravement la tête.

Max regarde le ciel, lui aussi.

- Pourquoi ?… Qu'est-ce qu'ils ont, les nuages ?

Le Léonard explique :

- Ils ont que leur couleur n'est pas la même partout, et qu'ils ne se déplacent pas à la même vitesse, du moins apparemment… En réalité, c'est parce qu'ils ne sont pas tous à la même altitude, et qu'ils sont soumis à des vents de différentes forces… Ca veut dire que là-haut, c'est pire que dans une chaudière de machine à vapeur. En plus froid, bien entendu…

Le Barnabé hausse les épaules.

- Bah… L'hiver peut bien venir… On l'attend de pied ferme. On a du bois à brûler, des patates à la cave, et du vin dans la réserve. On ne risque pas de mourir de froid, ni de faim, ni de soif !…

- Ouais, approuve le Léonard… Et pis je crois qu'on a rentré tout ce qui risque… Faudrait vérifier quand même, des fois…

Cette ambiance de préparation à soutenir le siège de l'hiver est inconnue à Max… Et il se sent vraiment partie prenante dans les préoccupations de ses oncles. Ils sont sérieux, graves même, et cependant confiants comme des hommes qui ne redoutent pas l'hiver lui-même, mais leur propre négligence qui pourrait laisser une brèche ouverte aux mauvais coups des frimas.

Ce matin, Max découvre ce qu'est la responsabilité d'un homme face à son destin, lorsqu'il doit assumer lui-même des choses devant lesquelles la société moderne assiste tant de gens. Le jeune garçon se sent d'autant plus concerné par ces préparatifs, qu'il a le projet de revenir à Pierroche pour les vacances de Noël.

- Tu vois, lui dit le Barnabé… Tu comprends l'importance de se préparer à passer l'hiver. Et bin ton avenir, il faut le préparer de la même façon… C'est sûr que le monde d'aujourd'hui a tendance à faire disparaître l'état d'esprit de ceux-là-même qui l'ont construit… On cloisonne l'enseignement. On spécialise les compétences à un domaine de plus en plus restreint. Cela a pour effet de mettre en place une société d'individus dépendants de plus en plus étroitement les uns des autres. C'est le contraire de la liberté… L'homme libre, c'est celui qui sait faire beaucoup de choses différentes. C'est celui qui est débrouillard…

- C'est absurde, de bâtir un monde comme ça, dit Max.

Le Barnabé lisse sa moustache.

- Un peuple ignorant est bien plus facile à mener par le bout du nez… Surtout si on lui fait croire que c'est lui qui commande.

- Ah ?… fait Max, étonné. Pourtant, on est bien en démocratie…
- Ouais, justement… La démocratie, c'est le seul système qui, à ma connaissance, est basé sur un principe donnant la possibilité à onze abrutis d'avoir raison sur dix intelligents.

Max rit de bon cœur. Puis il redevient sérieux.
- La démocratie, ç'est quand même le progrès social, non ?… C'est quand même mieux qu'une dictature ?…

Les yeux d'éléphant du Barnabé s'écarquillent en regardant Max comme s'il était un martien nuitamment débarqué dans le jardin.
- Crois-tu que le Léonard et moi sommes prêts à accepter une dictature quelle qu'elle soit ? Bien sûr que non. Quant au pain et aux jeux que la république distribue généreusement au bon peuple, je n'appelle pas ça du progrès social.
- Je ne comprends pas ce que tu veux dire, tonton… Le pain et les jeux, c'était au temps des Romains, quand l'empereur prodiguait au peuple du pain et des jeux gratuits pour qu'il ne se révolte pas.
- Tout à fait, mon p'tit gars, approuve l'oncle qui soulève un index érudit pour ajouter :
- Panem et circences, en latin.
- Voilà, c'est ça… confirme Max, heureux de retrouver le fil conducteur avec son oncle. En ce temps-là, pour mieux tenir le petit peuple sous sa coupe, l'empereur lui faisait distribuer gratuitement de la nourriture et offrait des spectacles dans le

cirque. Le peuple, reconnaissant, vénérait l'empereur, et ne songeait pas à le destituer.
- Eh oui, fait le Barnabé… C'est vrai… C'est même si vrai que je ne vois pas vraiment la différence avec notre démocratie.
- Comment ça ? se cabre Max.
- Bin ouais… Le pain, le panem des empereurs romains, aujourd'hui la république le donne sous la forme de l'argent qu'elle distribue directement au bon peuple, sous la forme de prestations, ce qui n'est pas forcément une mauvaise chose, dans la mesure où on ne confond pas action sociale et assistanat… Bon. Ca, c'est pour le pain… Pour les jeux, le bon peuple n'a même plus besoin d'aller au cirque. Le cirque est à domicile : la télé !… Ah, la télé… La boite de Pandore qui permet d'abreuver le bon peuple d'une sous-culture justifiée par la présence de quelques rares émissions valables, souvent programmée d'ailleurs à des heures d'écoute quasi inaccessibles… L'appareil magique qui fabrique les opinions publiques et qui dispensent les gens de réfléchir grâce au dévouement de la douzaine de journalistes qui pensent pour eux… Quelle merveille !… Avec les sous et la télé, notre bon peuple était presque arrivé au niveau du peuple romain… Pour que la comparaison soit vraiment complète, nos dirigeants, dans leur inépuisable bienveillance, s'attachent à anoblir peu à peu toutes les dépravations en vogue à Rome au temps béni des Empereurs, dépravations de tout calibre, sexuelles ou autres, comme la

drogue très poétiquement qualifiée de douce, pour parler d'un chapitre que tu connais un peu… Ainsi, nous voici revenus aux heures glorieuses de la décadence de l'empire romain !… C'est absolument génial !… Et moi, je demande humblement pardon au peuple souverain de ne pas applaudir à ça, et d'avoir l'outrecuidance de me souvenir que la décadence de l'empire s'est achevée par le triomphe des Barbares. Alors allons-y gaiement, car si l'Histoire doit se répéter, on a pas encore vraiment touché le fond, même si mon petit doigt me chuchote qu'il n'est plus très loin.

Max a suivi le discours bouche bée. A la fin, il ne peut s'empêcher de sourire. Pas de moquerie, bien sûr… Mais l'oncle Barnabé est vraiment impayable…

- C'est vrai que ça fait réfléchir, ce que tu dis, tonton… Je reconnais que ça ferait un bon sujet de philo au bac.
- Ouais… j'ai résumé ma pensée parce que…

Il regarde le ciel.

- … parce que, avec l'hiver précoce qui a l'air de s'annoncer, on va avoir le temps d'en discuter au coin du feu, mon p'tit gars…

*

La pluie se met à tomber au milieu de la matinée.

Max ne peut s'empêcher de taquiner ses oncles.

- Vous vous êtes mis le doigt dans l'œil pire qu'à la météo de la télé… Vous avez annoncé la neige, et qu'est-ce qu'on voit arriver ?... Une toute petite pluie de rien du tout.

Le Barnabé accueille la remarque avec son habituel flegme éléphantin.

- Mouais... T'en fais pas mon p'tit gars... Tu vas voir comme la mayonnaise va prendre, tantôt.

La pluie s'intensifie d'heure en heure.

L'atmosphère de la combe a changé. Le froid, la pluie, le brouillard qui engloutit les sommets, l'eau qui ruisselle dans la cour... Max trouve les lieux beaucoup moins accueillants que les jours passés. Les feuillages dorés qui flamboient au soleil sous le ciel bleu ne sont plus que des souvenirs.

Pourtant, au milieu de cette solitude humide et triste, le jeune garçon trouve un réconfort inattendu... Une source de bien-être éclipsée par le beau temps des derniers jours...

Le fourneau.

Le brave vieux fourneau tout noir, qui ronronne en dispensant joyeusement la chaleur, la musique et même le parfum des bûches de bois sec qui brûlent dans son ventre de fonte.

Max est venu vers cette source de vie, vers cette douceur dont l'intensité surpasse de loin celle de l'angoisse engendrée par le mauvais temps et l'isolement.

Il rêvasse auprès du feu, mais cet abandon se mue bientôt en réflexion pertinente. Que vont faire les oncles, par ce mauvais temps... Plus d'observations astronomiques, plus de jardin, ni de chasse, ni de papillons… Enfin, plus rien ou presque de tout ce qui compose à la fois leur vie et leurs passions.

L'oncle Barnabé a beau fustiger la télévision, elle doit cruellement leur manquer, par ces longues journées d'hiver où la déprime guette tant de personnes plus ou moins âgées.

Mais Max est vite fixé sur les occupations des tontons en période d'intempéries.

Ca commence par une réflexion pour le moins déroutante de l'oncle Léonard.

- Et bin c'est pas trop tôt, le mauvais temps… Avec tous les papillons en retard que j'ai à étaler et à encadrer…

De fait, le Léonard vient s'installer sur la table de la cuisine avec ses étaloirs, ses papillotes, ses épingles, son papier spécial pour maintenir les insectes bien à plat…

Les papillotes du Léonard n'ont rien à voir avec les pralines de Noël emmaillotées de papiers. Ce sont des emballages maisons qui conservent et protègent un papillon après sa capture, avec ses ailes fermées l'une contre l'autre, en position de repos, en attendant l'heure de l'étalage.

La venue du mauvais temps marque l'occasion pour le jeune initié de participer à une nouvelle phase de travail du lépidoptériste : l'étalage et la mise en forme du papillon, en vue de sa présentation scientifique en cadre sous verre.

D'emblée, Max est conquis par cette minutieuse besogne, qui consiste à manipuler des éléments aussi fragiles qu'ailes, antennes et pattes pour mettre l'insecte en valeur sous la vitre d'un cadre protecteur, comme un bijou dans son écrin.

La table est vaste.

Le feu ronronne.

Le Léonard montre, explique et révèle.

Max se passionne.

C'est au tour du Barnabé d'entrer en scène avec un paquet de feuilles de papier en vrac ficelées sous la forme d'un paquet qui ressemble vaguement à un paquet mal ficelé. Il dépose son fardeau sur la portion de table restée libre.

Le Léonard n'a pas bronché, ni même relevé son nez bésiclé du papillon qu'il est en train de mettre en forme, sur l'étaloir. Seul, Max regarde l'arrivée du deuxième oncle avec étonnement.

- Eh oui, mon p'tit gars, soupire le Barnabé en attirant à lui une chaise pour s'attabler. Ce sont mes observations astronomiques de cet été. Je profite du mauvais temps pour classer tout ça et y mettre en forme. On croirait pas comme ça peut prendre du temps, tout ça…

L'heure du déjeuner arrive vite. Max, qui navigue entre l'entomo-tonton et l'astrono-tonton, ne voit pas passer le temps.

Le Léonard met son fricot à chauffer. Ca sent bon. Pendant que ça mijote, on débarrasse sur la table la surface suffisante pour disposer trois couverts. Les composantes et accessoires des travaux scientifiques sont repoussés et empilés avec un soin sommaire sur l'autre partie de la table, prêts à être redéployés dès la fin du repas.

On discute, on échange, on évalue… Et surtout, on ne s'ennuie pas.

C'est pendant le repas que le Barnabé signale, en jetant un œil distrait vers la fenêtre :

- Ca y est… Le général hiver fait donner les premières salves de mitraille.

- Il neige ? demande sans s'émouvoir le Léonard qui est assis dos à la fenêtre.

- Ca mélange.

Max ne résiste pas au plaisir de se lever de table pour aller essuyer du dos de la main un rectangle de vitre embuée.

Effectivement.

Parmi les rafales de pluie, des flocons de neige se mêlent aux gouttes pour fondre dès leur arrivée au sol.

- On est à la limite, dit le Léonard. Si la température baisse encore d'un ou deux degrés, on se retrouve avec un mètre de neige demain matin. Et avec ce vent, les deux degrés peuvent tomber en deux minutes.

Après avoir contemplé rêveusement la pluie floconneuse, Max revient s'asseoir à table pour terminer son repas avec appétit. Quand il se relève, après le dessert, il constate la justesse des prédictions de ses oncles.

La pluie s'est complètement muée en une grandiose tempête de neige.

- Il neige ! s'exclame-t-il comme un gosse.

Le Barnabé, occupé à débarrasser la table, s'arrête dans son travail.

- Je sais… on n'entend plus la pluie… Ecoute le silence. Tu entends, le silence qu'elle fait, la neige, quand elle tombe ?

Tout le monde se fige.

Effectivement, c'est le grand silence. La rumeur des gouttes de pluie sur le toit et dans la cour s'est tue.

La respiration réconfortante du fourneau peut à nouveau faire entendre sa douce symphonie.

*

Il neige tout l'après-midi.

La combe de Pierroche se fige sous une couche blanche s'épaississant d'heure en heure. La vieille maison s'est laissée saisir par cette torpeur ouatée.

Les chèvres restent bien au sec dans le confort de leur étable garnie de foin odorant. Les poules se cantonnent à leurs perchoirs en conversant gravement du temps qu'il fera.

Les bêtes s'adaptent.

Les hommes aussi.

- On va être coupé du monde, remarque Max avec une pointe d'inquiétude.

- Et pis qu'est-ce que ça va changer de d'habitude ? rétorque le Barnabé. Les services de voirie vont ouvrir la route. Tout ce qu'on risque, c'est que le facteur ne monte pas pendant un jour. La belle affaire… A nos âges, on ne reçoit plus tant de lettres de fiancées, tu sais… Et pis les courses qu'on va faire une fois par semaine, et bin on peut attendre un jour ou deux de plus. On a assez de provisions…

- C'est vrai, convient Max… Mais si vous tombez malades ?… Si vous avez besoin de secours ?…

- Ca serait bien le Diable si le ciel nous tombait sur la tête juste pendant les quelques heures où il y a des difficultés de liaison… Et pis au moins, par un temps pareil, personne ne viendra nous déranger. Déjà que d'habitude on est plutôt au calme, par ici… Là, c'est la tranquillité assurée.

*

VIII

Il fait nuit.

La tourmente de neige ne faiblit pas, même si elle a changé de visage. Les gros flocons du début d'après-midi ont diminué de grosseur et augmenté en nombre. Le vent s'est renforcé. Si on risque le nez dehors, on est fouetté au visage par l'haleine piquante des rafales floconneuses.

De temps à autre, on entend des craquements bizarres et peu rassurants. Au début, ils ont inquiété Max, mais l'oncle Léonard a vite dissipé le mystère.

- C'est la charpente qui se charge, a-t-il expliqué. Le poids de la neige qui s'amasse sur le toit, se répartit sur les poutres et les solives de la charpente. Le bois est soumis à des forces qu'on imagine mal...

Le vent augmente encore de puissance.

On l'entend hurler dans les chaîneaux et les chevrons.

Le fourneau... le vent... la charpente... l'horloge... Max qui écoute... Le Barnabé plongé dans ses fiches astronomiques... Le Léonard qui a abandonné provisoirement ses chers insectes, pour éplucher pommes de terre, carottes et poireaux en vue de la soupe du soir…

Tout est calme...

Et soudain.

- Tonk ! tonk ! tonk !

Tout le monde sursaute et se fige.

Le couteau du Léonard a tressauté et s'est immobilisé sur sa patate.

Le Barnabé a relevé le nez de ses papiers, comme un renard surpris lorsqu'il mange une perdrix.

Max a pâlit.

Seul, le feu continue sa musique impassible, en réponse à celle du vent.

- On a frappé !… dit le Léonard.

Le Barnabé ne répond rien, mais hoche gravement la tête pour montrer qu'il a entendu, lui aussi.

- La porte est verrouillée et les volets sont crochetés, signale le Léonard.

Une seconde volée de coups fait résonner la porte.

- Tonk ! tonk ! tonk !

Une voix assourdie crie :

- Hola ! Il y a quelqu'un ? !…

Le Barnabé se lève promptement pour disparaître dans sa chambre et en ressortir aussitôt avec son fusil. Le Léonard décroche aussi le sien du mur à côté de l'horloge, et le charge en un clin d'œil.

Dépassé par les événements, Max reste planté au milieu de la cuisine, sans savoir que faire.

- Chut… lui intime doucement le Barnabé. On ne sais pas qui c'est… alors, on prend nos précautions, tu comprends... La nuit, en pleine tempête, je ne vois pas bien qui peut se risquer jusqu'ici...

Ca cogne à nouveau contre la porte.

Des voix étouffées parlent.

Manifestement, les visiteurs sont plusieurs...

Fusil au poing, le Barnabé sort dans le couloir et va doucement jusqu'à la porte d'entrée. Le Léonard le suit comme son ombre. Max reste un peu en retrait...

Le chien les a déjà tous précédés. Il n'aboie pas, mais flaire l'interstice du bas.

- Tonk ! tonk ! tonk !

Dans le couloir, les coups résonnent comme dans une grotte.

On entend distinctement une voix d'homme qui dit :

- Il y a forcément quelqu'un... La lumière brille...

Un appel puissant s'élève :

- Hého !... Ouvrez !... Pour l'amour de Dieu !...

Le Barnabé chuchote à son frère :

- Va regarder par la fenêtre du premier, et tâche de voir qui c'est...

- J'éclaire la lampe de la cour ?

- Ouais...

Le Léonard grimpe l'escalier avec précaution et redescend quelques instants plus tard.

- Ils sont trois hommes avec des chevaux.

- Des chevaux ? !...

- Ouais... C'est peut-être des touristes cavaliers, comme on en voit des fois, qui se sont perdus...

- Mouais... Peut-être.

- Tonk ! tonk ! tonk !

Le Barnabé demande, d'une voix énergique :

- Vous êtes qui ?

- Des voyageurs égarés dans la tempête… Nous avons froid et nous sommes épuisés…

Le Barnabé et le Léonard échangent un regard interrogateur.

Max n'en mène pas large.

- Et si c'était Bob qui revient avec des copains ?… suggère-t-il.

- Je ne pense pas… dit le Barnabé. Cette voix n'est pas celle d'un voyou. On va ouvrir. Qu'est-ce que tu en penses, Léo ?…

- Comme tu veux, répond le Léonard en reculant de trois pas et en braquant son fusil sur la porte. Je suis prèt… Et toi, Max, viens derrière moi.

Le Barnabé laisse son frère prendre position, tire le verrou et recule à côté de lui en pointant lui aussi son arme.

- Entrez à un à la fois, crie-t-il.

La porte s'ouvre sur un personnage ruisselant d'eau et de neige. C'est un homme de haute taille, vêtu d'une longue cape qui retombe par-dessus ses bottes. Il ôte son chapeau à larges bords, en s'immobilisant sur le seuil, visiblement gêné par les fusils braqués.

Une bourrasque glaciale prend le couloir d'assaut, sans parvenir à soulever les pans lourdement trempés de la cape.

Il y a tant de noblesse dans l'allure de cet homme que les deux vieux en sont un peu impressionnés.

- Ah… Fait l'inconnu d'une voix grave et bien timbrée. Je vois que vous vous méfiez et je vous comprends. Par les temps qui courent, on ne sait plus à qui on a affaire…

C'est un homme d'une cinquantaine d'années, aux cheveux blancs, assez longs, et aux traits fins marqués par la fatigue.

- Nous vous demandons l'hospitalité, messieurs… Vous pouvez baisser vos armes, car nous ne sommes pas des brigands.

Subjugués par cet étrange visiteur, le Barnabé et le Léonard sentent leur méfiance s'estomper.

Les fusils se baissent.

Le Barnabé s'entend dire :

- Entrez. Vous êtes les bienvenus.
- Que Dieu vous bénisse, répond simplement le visiteur en s'inclinant.
- Où pouvons-nous abriter nos chevaux ?

C'est le Léonard qui répond.

- Ils sont gentils, vos chevaux ?
- Ce sont de nobles bêtes, répond l'inconnu.
- Si vous pensez qu'ils ne risquent pas de nous estropier nos chèvres, on a qu'à les mettre dans l'étable, avec nos deux biquettes.
- C'est très gentil à vous, remercie l'homme. A propos, pardonnez-moi, je ne me suis pas présenté : Jean d'Alembert, pour vous servir, même si pour l'heure, c'est moi qui ai besoin de vous… J'espère que vous aurez aussi un petit coin de grange, avec du foin sec, pour nous ?…

- On a mieux que du foin à vous offrir, tout de même, réplique le Léonard. Vous nous prenez pour des gens qui vous prennent pour quoi ?

Jean d'Alembert sourit.

- Merci.

Il se tourne vers l'extérieur.

- Vous pouvez venir, dit-il.

- Mettons d'abord les chevaux à l'abri, répond une voix de jeune homme. Ils sont trempés et ils sont fourbus…

Le Léonard ne discute pas d'avantage. Il chausse ses bottes, enfile sa capote militaire, coiffe son bonnet de laine mongolfièroïde et sort en rentrant la tête dans les épaules.

- Suivez-moi, dit-il aux deux autres arrivants en leur jetant au passage un coup d'œil identificateur lui indiquant qu'il s'agit de deux jeunes hommes encapuchonnés de pèlerines, en âge d'être les fils de ce monsieur d'Alembert.

Il traverse la cour. Dans la neige qui lui arrive aux genoux, sous les bourrasques, son accoutrement lui donne une allure de Trolle des pays du nord.

Hommes et chevaux le suivent.

Le voilà à l'étable des chèvres.

Il allume.

- Bonsoir mes belles, lance-t-il aux deux occupantes des lieux qui se lèvent avec curiosité de leur couche.

A l'entrée des chevaux et des hommes qui les mènent par la bride, elles ont un mouvement de

recul vite calmé par le brave Léonard qui leur parle en flattant leurs échines cagneuses.
- Hé oui, mes jolies... Ce soir, on a de la visite... Vous tacherez de vous montrer à la hauteur de votre bonne éducation...
- Nos chevaux vont être rudement bien, ici... constate avec satisfaction le plus âgé.

Les trois hommes se mettent en devoir de désseller leurs montures, de les débarrasser de leurs sacoches aussi lourdes que volumineuses, et de bouchonner leurs robes trempées avec des poignées de foin.
- Installez vos chevaux comme bon vous semble, messieurs... Et n'ayez pas peur de leur donner du foin... Avez-vous besoin d'un coup de main ?
- Tout va bien, le rassure levétéran du trio. Nous soignons d'abord les chevaux, ensuite nous nous occuperons de nous-mêmes.
- Vous êtes trempés, s'inquiète le Léonard.
- Oui... mais nous avons des vêtements secs dans nos fontes.
- Alors vous viendrez vous changer à la maison, indique le Léonard. Je vais tendre une ficelle au-dessus du fourneau pour sécher vos habits.

En un tournemain, les chevaux sont installés. Ce sont de belles bêtes que le Léonard ne peut s'empêcher de caresser, pendant qu'elles mangent de grosses bouchées de foin odorant et que leurs maîtres les bouchonnent consciencieusement.

Un fort fumet flotte dans l'étable. L'odeur des chevaux mouillés et en sueur se mêle à celle des chèvres.

Le Léonard hume avec délice.

- Ah... soupire-t-il, nostalgique... Ca me rappelle quand j'étais petit. Mes parents avaient un cheval. Pas un comme les vôtres, pour se balader, non... Un cheval, qui labourait, qui tirait les chars de foins, et qui débardait du bois... Il était taillé bien plus costaud que les vôtres... Mais quand on le rentrait à l'écurie, il sentait la même odeur...

Il quitte ses souvenirs pour revenir à la réalité présente.

- Elles sont épuisées, vos bêtes... Il y a longtemps que vous marchez ainsi dans la tempête ?

- Oui... Depuis le début. Nous nous sommes égarés.

- Vous nous raconterez tout ça à table, et au sec, dit le Léonard. Et dépêchez-vous parce que vous allez prendre froid.

Il ressort dans la cour.

- Nous sommes tombés sur des braves, dit un des deux jeunes sans cesser de frotter sa monture.

- Oui, répond l'autre... Comme quoi il y a encore du bon, dans notre pauvre vieille terre de France...

Le Léonard ne tarde pas à revenir avec un sac en papier empli de croûtons de pain dur qu'il distribue aux chevaux.

Les animaux apprécient.

Ca se met à craqueter dans toute la petite étable. Les deux chèvres, jalouses, sont venues aussi chercher leur part.
- Je m'excuse, dit le Léonard à l'adresse des chevaux. Je n'ai pas de picotin. Faudra vous contenter de ce qu'il y a.
Entre deux bouchées, les chevaux soufflent de satisfaction. Trop bruyamment sans doute au goût des chèvres, qui se contentent pour leur part de remuer fort élégamment les oreilles pour témoigner de leur bonne éducation…

*

Pendant que le Léonard s'occupe de loger les chevaux, le Barnabé est resté avec Max, à la cuisine.
- Où va-t-on les caser, ces gens, mon p'tit gars ?… ils sont épuisés, et par ce temps de chien, on ne peut quand même pas les mettre à l'écurie comme ils nous l'ont demandé.
La réponse de Max est spontanée.
- Je veux bien laisser ma chambre…
- Et toi ?… Tu vas dormir où ?…
- Bin, avec toi, si tu veux… De toutes façons, c'est que pour une nuit.
- Mouais… Mais je te préviens, je ronfle.
- Je sais… J'ai entendu, déjà… sourit Max.
Le Barnabé est content de son neveu, et il le lui dit.

- T'es un bon gamin... Va vite dans ta chambre prendre les affaires qui te servent couramment et tu les mettras dans la mienne. Tu changeras aussi les draps de ton lit, et pis tu installeras par terre le petit matelas qui est roulé au fond de l'armoire... Moi, pendant ce temps, je prépare une bacholée de vin chaud.

Ainsi dit, ainsi fait.

C'est Max qui accueille les voyageurs au retour de l'étable, trempés et chargés de leurs sacoches. C'est lui qui prend leurs pèlerines, qui leur montre le chemin de leur chambre, et qui leur dit fort civilement :

- Mes oncles vous attendent à la cuisine pour le vin chaud, dès que vous vous serez changés.

Dans la cuisine, on entreprend d'étendre les lourdes pèlerines sur des ficelles tendues au-dessus du fourneau qu'on a regarni pour la circonstance. C'est toute une manœuvre que le Léonard dirige avec la gravité d'un chef de cirque présidant à l'élévation du grand chapiteau.

- Tires un peu à toi, qu'autrement ça va goutter dans les casseroles... Non. Tu as trop fait... Là, ça va brûler le tissu... Ouais, là c'est pas mal... Enfin, non... Pas comme ça, parce que là, on pourra pas mettre les serpillières dessous...

Tous ces savants déploiements finissent par aboutir à une disposition satisfaisante pour le Léonard, qui peut enfin conclure, sur un ton victorieux :

- Voilà. C'est bien comme ça.

Le vin chaud, parfumé de cannelle, de muscade, de sauge, de fruits confits, de miel… embaume la maison tout entière.

D'ailleurs, c'est sur un « Qu'est-ce que ça sent bon, ici !… », que la porte de la cuisine s'ouvre pour laisser entrer les cavaliers enfin habillés de sec.

Si leur arrivée, un moment auparavant, a pour le moins surpris les habitants de la vieille maison, leur seconde apparition leur fait ouvrir de grands yeux.

Pour plusieurs raisons.

Tout d'abord, l'un des deux jeunes est vêtu… d'une soutane !… Une soutane noire, toute simple, impeccablement ajustée à la taille par une ceinture du même tissu… Elle confère une indiscutable prestance à ce jeune homme grand et mince, au visage bien dessiné, dont les traits rappelleraient un peu ceux de Bob le dealer, à quelques détails près : les cheveux beaucoup plus courts, à la coupe très sobre, presque stricte… Et le regard !… Un regard profond, plein de bonté, de douceur, mais aussi de vive intelligence.

Le plus âgé fait les présentations.

- Monsieur l'abbé Merrat, fraîchement ordonné, pour la gloire de Dieu et le salut des âmes.

Le jeune prêtre incline la tête avec distinction.

Le Barnabé se fend d'un respectueux :

- Bonsoir mon père.

- Bonsoir mon père, répète le Léonard.

- Il y a longtemps que je n'ai pas vu de curé en soutane, dit le Barnabé d'une voix un peu émue…

Et c'est vraiment une très heureuse surprise que d'en recevoir un chez nous... Un jeune, en plus... Voilà qui est réconfortant.

Max n'ose rien dire. Ca lui fait tout drôle, d'entendre ses vieux oncles dire « mon père » à un gamin à peine plus âgé que lui.

Quant au Léonard, il laisse parler son aîné, comme dans toutes les grandes occasions.

L'autre jeune homme est grand, lui aussi. Il est simplement vêtu d'un pantalon de velours, et d'une grosse chemise de laine.

Son regard est d'un bleu profond, son front haut... Son nez, plutôt grand, confère à son visage une indéniable noblesse... Ses cheveux châtain clair, tirant sur le blond, ondulent en boucles qui recouvrent le pavillon de l'oreille... La bouche bien dessinée exprime à la fois une volonté sans faille et une infinie bienveillance.

Toute sa personne dégage une majesté indescriptible qui impressionne le Barnabé, le Léonard, et même Max...

Apparemment moins âgé que le prêtre, il peut avoir une vingtaine d'années, soit à peine deux ou trois ans de plus que Max...

Curieusement, le vétéran du trio ne présente pas le jeune homme, comme il a présenté l'abbé. Ils échangent un regard et c'est le jeune lui-même qui prend la parole.

- Je m'appelle Louis, dit-il d'une voix chaude et grave. Que Dieu bénisse votre maison dans laquelle nous sommes si providentiellement arrivés au bout de notre errance… Et qu'Il vous bénisse aussi pour la bonté avec laquelle vous nous accueillez ce soir…

Le Barnabé et le Léonard sont à la fois étonnés et émus d'entendre un tel langage dans la bouche d'un si jeune homme… Un langage d'un autre temps… Jamais personne ne leur a adressé une parole aussi noblement construite, sur un ton aussi bienveillant.

Le Barnabé, qui sait cacher ses sentiments derrière ses yeux d'éléphant, est instinctivement heureux d'accueillir ces gens qu'il ne connaît pourtant pas…

Il faut dire que d'ordinaire, ni lui ni le Léonard n'apprécient les casse-pieds qui viennent leur imposer une fastidieuse présence, sous prétexte d'accorder à deux vieux délaissés une visite réconfortante… Ils ne recherchent ni les visites, ni le contact. Ils les ont d'ailleurs toujours plutôt fuis….Pourtant, ce soir, ils sont inexplicablement satisfaits l'un et l'autre de la présence de ces étrangers.

Guilleret, le Barnabé s'empare sur le fourneau du caquelon de vin chaud qu'il pose sur la table.

- Voilà qui va vous revigorer !…

Il puise avec la louche de fer blanc, et verse dans des bols de porcelaine décorés de motifs anciens.

- Asseyez-vous donc.

Les visiteurs ne se font pas prier. Le breuvage connaît un succès éblouissant.

- Ca ne peut pas vous faire de mal, certifie le Barnabé avec la solennité d'un druide.

Le Léonard fouille dans le vaisselier. Sa petite taille l'oblige à se hausser sur la pointe des pieds. Il sort d'autres bols et se tourne vers son neveu, pour déclarer, avec des mimiques assorties à son ventre rondouillard et sa calvitie en œuf d'autruche :

- Nous, on n'a pas eu froid comme ces gens, mais on la goûterait bien, nous aussi, la potion magique, hein Max ?… Tu crois qu'on y aura droit, ou qu'on nous demandera de faire le tour de la maison, pieds nus dans la neige, avant de nous en verser une ration ?

Tout le monde rit.

La bonne humeur ne vient pas seulement de la réflexion du Léonard, mais aussi du fait que le Barnabé a vu grand dans sa préparation. Le vin chaud est abondant, et personne ne se fait prier pour en reprendre une louchée.

Parallèlement, le Léonard rajoute généreusement des légumes dans sa marmite.

*

La soupe a cuit doucement sur le fourneau, laissant échapper de bonnes bouffées appétissantes.

Le Barnabé et Max sont descendus à la cave pour en remonter bouteilles de vin, jambon et fromage…

Si bien qu'on se retrouve devant un repas qui ressemble à quelque chose.

Avant de s'attabler, le Barnabé se tourne vers le jeune prêtre.

- D'habitude, c'est moi qui dit le Bénédicité, où l'Angélus... Mais puisque nous avons l'honneur d'avoir un homme de Dieu parmi nous, je vous laisse le soin d'officier. Vous avez le pouvoir de bénir la nourriture, ceux qui l'ont préparée, et ceux qui vont la partager... Moi, je n'ai que le droit de demander au bon Dieu de le faire...

L'abbé accueille l'invitation avec un sourire radieux.

Max, qui ne dit rien mais qui n'en perd pas une, remarque qu'effectivement, les paroles dites par le prêtre sont les mêmes que celles de son oncle, mais qu'en plus, il trace au dessus de la table le signe de la Croix.

Le Barnabé s'assoit et ouvre son couteau. Max remarque que les visiteurs attendent que son oncle soit assis pour en faire autant.

Il se retrouve entre l'abbé et Louis.

Le Léonard sert la soupe. Chacun lui tend son assiette en toute simplicité. Il cligne de l'œil à son neveu, et lui demande :

- Si un jour, sur ton chemin, tu rencontres un ange et un curé, qui vas-tu saluer en premier ?

Max réfléchit. Cette question posée devant tout le monde le gêne un peu, ainsi que la convergence des regards tournés vers lui, dans l'attente de sa réponse. Il se décide vite.

- Il me semble que je saluerais d'abord l'ange.

- Et pourquoi ? interroge le Léonard, malicieux.

- Parce qu'il me semble qu'un ange, c'est plus important qu'un curé...

Ce disant, Max adresse à l'abbé Merrat un regard d'excuse mêlée de respect. Le jeune prêtre sourit avec gentillesse.

- Eh bien tu n'y es pas du tout, dit l'oncle… C'est le curé qu'il faut saluer en premier, car le plus important, c'est lui…

- Ah bon ?… Et pourquoi ?

- Parce que le curé a deux pouvoirs que l'ange n'a pas, et qui sont vitaux pour nous, pauvres créatures.

- Ah bon ?… fait à nouveau Max avec un air de tomber des nues.

Le Léonard change sa louche de main et lève en l'air son pouce libre.

- Premièrement, il a le pouvoir de changer le pain et le vin en corps et en sang de Jésus.

L'index du Léonard se dresse à son tour.

- Deuxièmement, il a le pouvoir d'absolution, c'est à dire de pardonner les péchés, pour peu bien sûr, qu'on s'en repente sincèrement.

Autour de la table, personne ne parle, mais tout le monde suit le brillant exposé théologique, avec des hochements de têtes discrets et approbateurs.

Le Léonard conclut, magistral, en rempoignant sa louche et sans quitter son neveu du regard.

- Ca ne veut pas dire que les anges comptent pour du beurre, loin de là… Puisque ils veillent sur nous et prient pour nous…

Il marque un temps avant de conclure, péremptoire :

- Bien entendu, c'est à nous d'y mettre du nôtre pour leur faciliter la tâche…

Le souper démarre dans une ambiance aussi chaude et consistante que la soupe du Léonard.

Max ne peut s'empêcher de demander au jeune abbé :

- Pourquoi mettre une soutane ?... Les curés n'en mettent plus, aujourd'hui, à part les intégristes...
- L'église n'interdit pas à ses prêtres de mettre la soutane, répond l'abbé en souriant. Elle laisse le choix. Personnellement, il me semble qu'un prêtre sans sa soutane, c'est comme un homme marié sans son alliance... L'habit ne fait pas le moine, certes, mais ceux qui s'étonnent de voir un prêtre en soutane sont les mêmes qui ne pourraient pas concevoir le pape en complet veston ou le Dalaï Lama en smoking... Un curé en soutane n'est pas plus intégriste qu'un pompier en tenue, un gendarme en uniforme ou un avocat en robe ...
- Bien sûr, admet Max... Mais le pompier, le gendarme ou l'avocat se mettent en tenue seulement pendant leur travail ou leur service.
- Tout à fait, approuve le prêtre. Moi aussi.
- Comment ça ?
- Mais oui... Un prêtre est de service vingt-quatre heures sur vingt-quatre, et pas seulement pour dire la messe... Par exemple, tiens, qu'est-ce qu'on m'a demandé de faire, il y a quelques instants ?...

Max comprend.

Mais il ne peut s'empêcher de poser une autre question.

- Et vous vous sentez à l'aise, dans ce monde, quand vous vous promenez dans la rue avec votre soutane ?

L'abbé Merrat se recueille quelques instants avant de répondre d'une voix douce, en regardant Max bien en face.

- La question ne se pose pas en ces termes. Il faudrait plutôt demander au monde s'il est à l'aise. Si j'ai choisi d'être prêtre, c'est justement parce que j'ai senti que ce monde n'est pas à l'aise et qu'il souffre. Il suffit de constater le succès des psychologues… Si le monde se tourne vers les psychologues, c'est bien parce qu'il n'est pas à l'aise, non ?… Dans le confessionnal, le prêtre fait bien plus qu'un simple psychologue… Faut-il que les prêtres disparaissent pour qu'on s'en rende compte ?…

Vis-à-vis de Celui qui m'a demandé d'être son vicaire, je te rassure, je me sens à l'aise. Vis-à-vis du monde, je n'ai pas à m'y sentir à l'aise ou non. Ma mission est d'un autre registre. Elle me mène à la rencontre des gens qui ne se sentent pas à l'aise, mais elle me mène aussi vers ceux qui s'y sentent trop bien parce qu'aveugles. Tout est là.

Si je devais résumer ma mission je dirais ceci : rendre la confiance à ceux qui l'ont perdue, et tempérer les orgueilleux qui ont trop confiance, parce qu'ils ne savent plus où sont le Bien et le Mal.

Max ne répond rien.

Il regarde ses oncles. Eux non plus ne disent rien, mais dans les yeux d'éléphant du Barnabé, comme dans ceux du Léonard, le jeune garçon peut lire : « Tu vois… Tu n'es pas le seul à trouver que le monde va mal… Vois un peu comme ce jeune curé réagit !… C'est quand même autre chose que de fumer du chite !… »

Les tontons et le neveu ne se sont pas parlé, et pourtant, le message est passé avec une complicité si profonde que Max en est bouleversé.

On ne s'attarde pas sur le sujet

Le Barnabé enchaîne.

- C'est réconfortant, en tout cas, pour nous, paysans à la retraite, d'entendre ce que nous venons d'entendre. Merci pour votre visite.

- Ca, c'est extraordinaire, sourit Louis. Vous nous soustrayez aux griffes de la tempête, et à vous entendre, c'est vous qui êtes les bénéficiaires de l'aventure…

Le Barnabé ne sait pas pourquoi ce jeune homme lui inspire un inexplicable respect. La sensation est à la fois indéfinie et très profonde… Aussi, c'est avec une déférence que ni Max ni le Léonard lui connaissent, qu'il demande :

- Dites-nous ce qui vous est arrivé… Pardonnez mon indiscrétion, mais que diable faisiez-vous dans la montagne par un temps pareil ?…

- Nous effectuons en quelque sorte un pèlerinage, répond Louis. L'abbé Merrat ici présent est un ami d'enfance. Quant à monsieur d'Alembert, il m'a enseigné beaucoup de choses, parmi lesquelles monter à cheval... Il a commencé par être mon maître, et il l'est toujours d'ailleurs, mais il est aussi devenu mon ami.

Jean d'Alembert a une légère et élégante inclinaison de la tête.

Louis reprend :

- Comme nous avions quelques jours devant nous, que l'automne est réputé pour être somptueux dans les forêts haut-jurassiennes, et que la météo s'annonçait bonne, nous avons entrepris, sur plusieurs étapes, la traversée du massif par les chemins buissonniers. Nous avons choisi de le faire à cheval, mais nous aurions pu tout aussi bien réaliser notre périple à pied. Finalement, ce sont les chevaux qui ont fait l'objet de notre choix, car ils constituent un trait d'union supplémentaire avec les splendides territoires que nous avions l'intention de traverser. D'autre part, notre randonnée allait nous permettre d'atteindre un autre but : accomplir un pèlerinage sur différents lieux saints de la région, en particulier la châsse de Saint Claude et celle de Saint Roland à Chézery. Ainsi, nous avions rassemblé dans notre voyage tout ce qu'un homme a besoin pour se ressourcer et se fortifier : le calme, l'aventure, l'amitié, la Création, et la prière... Tout s'est bien passé les premiers jours. Hier, nous étions à Saint-Claude. Aujourd'hui, alors que nous étions en route pour Chézery, par la montagne, nous avons été surpris par la tempête... Nous nous sommes égarés dans la tourmente de neige, et après une longue errance, nous avons échoué devant votre maison, avec nos chevaux à bout de force, et nous qui ne valions guère mieux.

- Heureusement que vous n'avez pas loupé la maison, fait remarquer le Léonard, parce que la tempête redouble de violence… Ecoutez le raffut que ça mène dans la cheminée.

On se tait pour écouter.

Effectivement, les souffles d'air qui se répercutent en gémissant dans le conduit de cheminée ne laissent guère d'illusion sur les conditions atmosphériques.

- Et vous-mêmes ?… Demande Louis après avoir prêté l'oreille quelques instants à ces lugubres manifestations sonores. Comment se fait-il que vous viviez dans un lieu aussi reculé et coupé du monde ?

Le Barnabé avale sa cuillerée de soupe, essuie sa moustache et répond :

- Pour les mêmes raisons qui vous ont poussés à entreprendre votre voyage à travers nos montagnes.

Premièrement, le calme. Ici, on est servi. On n'est bercé ni par les autos, ni par la symphonie des usines, ni par la mélodie des débroussailleuses qui sont devenues, chez les électrifiés, aussi à la mode que la bêtise humaine.

Deuxièmement, l'aventure. Chez nous, elle rime avec les découvertes que nous faisons où que nous cherchons à faire.

Troisièmement, l'amitié. Ça c'est chouette. Surtout d'une génération à l'autre, pas vrai, Max ?… Et puis aussi avec des gens comme vous.

Si on habitait en ville, on ne vous aurait jamais rencontrés.

Quatrièmement, la Création. Hé, hé… Max, ça ne te rappelle pas une de nos petites discussions ?

Quant à la prière, ma foi, elle nous est encore plus nécessaire que la soupe du Léo. Et pourtant, Dieu sait si elle est bonne, la soupe du Léo. »

Le Léonard marque le passage en se rengorgeant avec modestie.

Le Barnabé est lancé pour conclure.

-Bien sûr qu'ici, on n'a pas tous les jours un curé sous la main, comme ce soir, mais nous deux du Léonard, on s'adonne le plus souvent possible aux joies de la prière… Oh !… Pas n'importe quelles prières : celles qui nous viennent de Jésus et des apôtres… Nous, on croit en Jésus et en ce qu'Il a dit… Et il se trouve qu'Il a dit, entre autres choses, qu'Il est le Chemin qui mène au Père et qu'on doit passer par Lui. Les apôtres et les martyrs ont préféré la mort plutôt que de souscrire à d'autres religions. Aujourd'hui, dans notre vieille terre catholique, n'importe quel illuminé qui s'adonne à je ne sais quelle sorte de méditation selon l'enseignement de je ne sais quel gourou plus ou moins moine oriental, prétend qu'il prie. Quelle idée d'aller chercher des trucs pareils alors qu'on a Jésus, Marie, et tous les saints comme Claude et Roland, qui nous ont montré un chemin sur lequel on a laissé pousser les ronces de l'oubli. Aujourd'hui, de par le monde, ceux qui se tapent dessus invoquent Dieu à tout bout de champ. De quel Dieu parlent-ils ? Certainement pas de Celui qui a dit « Heureux les doux. » ou encore « Aime ton prochain comme toi-même »... Bien sûr que Jésus sera miséricordieux, au jugement dernier, envers le brave aborigène d'Australie, le vénérable Papou ou l'innocent paysan tibétain qui vont se retrouver là-haut sans jamais avoir entendu parler de lui... Mais pour nous, qui avons la grâce d'hériter de Sa Parole, et qui sommes assez crétins pour la mépriser au profit de doctrines débiles qu'on nous présente comme la sagesse absolue, il ne faut pas s'étonner que toute une partie de notre jeunesse éprouve un certaine tendance à fumer des pétards.

Autour de la table, on écoute avec attention, sans manifester d'approbation ni de désaccord.

- Excusez-moi d'avoir un peu débordé le sujet, termine le Barnabé, mais comme ça, vous avez une idée claire de notre position.

Max le regarde avec des yeux brillants d'affection. Il sait bien que ce discours lui est personnellement destiné, car il voit mal, à part lui même, qui l'oncle Barnabé chercherait à convaincre de la sorte parmi l'assemblée.

Dans la foulée, l'orateur débouche deux bouteilles de vin rouge couvertes de poussière.

Le Léonard coupe le jambon.

On fait honneur au repas, tout en conversant. On est bien !...

Le chien et la chatte dorment à leur place habituelle, dans le fauteuil, comme si rien n'était.

L'horloge comtoise égrène le temps qui passe. Le fourneau ronronne et semble dire à la tempête:
- « Bisque, bisque, rage !… Tu peux piquer ta crise aussi longtemps que tu voudras, mais tu ne rentreras pas ici, où c'est moi qui règne en maître ».
La fatigue commence à avoir raison des voyageurs.
Les paupières s'alourdissent.
On réprime des bâillements de plus en plus fréquents.
Le Barnabé risque une remarque.
- Il serait l'heure d'aller dormir, si vous le voulez. Vous avez besoin de repos, après cette rude journée.
Les visiteurs ne se font pas prier pour gagner leur position de repli dans la chambre de Max, ni Max pour gagner la sienne, dans la chambre du Barnabé…

*

Pendant la nuit, la tempête de neige a cessé, et avant l'aube, le ciel s'est découvert.
C'est un matin glacial, lumineux et scintillant qui accueille une aurore aussi rose que la robe de la Belle au Bois Dormant.
Le Barnabé est le premier levé pour allumer le feu et ouvrir les volets. Déjà, pendant la nuit, il s'est levé pour remettre quelques bûches dans le fourneau, afin de soutenir le séchage des pèlerines

gorgées d'eau. Il lui est donc facile de relancer le feu assoupi sur ses braises, dans la cendre.

Il est rejoint par Max.

- Bonjour tonton.
- Tiens !... T'es déjà réveillé, toi ?... T'as bien dormi, au moins ?
- Ouais.
- J'ai pas ronflé, au moins ?
- Euh... Non... Je crois pas... J'ai rien entendu...
- Ou tu mens effrontément, ou tu as un sommeil de plomb, déclare le Barnabé en emplissant d'eau une grosse casserole toute cabossée en vue de faire du café.

Max sourit et regarde par la fenêtre. Il n'a pas envie de dire à son oncle qu'il ronfle comme une Porsche en échappement libre, pour ne pas lui faire de peine...

- Quel beau ciel !... S'émerveille le jeune garçon en admirant les roseurs de l'aube qui nimbent les montagnes enneigées.

On entend un pas discret descendre l'escalier du couloir, puis la porte de la cuisine s'ouvre.

C'est Louis.

- Bonjour mes amis, dit-il simplement, avec un léger sourire.
- Bonjour, répondent ensemble l'oncle et le neveu, qui ont relevé tous deux l'intimité du salut.

Dans ce « mes amis » Il n'y a pas la moindre familiarité. Au contraire. Le respect et la chaleur dont il est empreint, lui donnent une tonalité qui est allée droit au cœur du Barnabé, comme de Max.

Le jeune homme s'avance avec distinction. Les boucles de ses cheveux accrochent la lumière de la lampe. Ses yeux bleus semblent refléter la lumière de l'aurore.

- La journée s'annonce splendide, n'est-ce pas ?… Nous allons pouvoir repartir afin de gagner des contrées plus basses, et donc, je l'espère, moins enneigées.

- Vous allez tout de même attendre que la route soit ouverte, objecte le Léonard qui fait une entrée impériale, avec son bonnet de nuit enfoncé jusqu'aux oreilles, et ses savates fatiguées laissant voir sa chaussette trouée au bout du gros orteil.

Il poursuit :

- En principe, elle le sera vers le milieu de la matinée, lorsque le chasse-neige de la commune en aura fini avec les chemins plus importants que le nôtre. Ils savent bien, à la mairie, que nous, on a oublié ce que veulent dire les mots « pressé » et « urgence »…

- Vous êtes ici chez vous, conclut le Barnabé.

- Je sais… murmure Louis en regardant pensivement le balancier de l'horloge comtoise qui va et vient, imperturbable, dans son ventre vitré, et qui rythme l'écoulement inexorable du temps.

Il reste un instant comme rêveur. Puis il tourne vers Max son intense regard bleu.

- Cette maison est comme une île, déclare-t-il… Une île coupée d'un monde où les hommes sont en train de corrompre le cœur même de ce qui fait leur force… Nous vivons une ère de progrès technique sans précédent. Quel dommage que cette évolution ne soit pas accompagnée d'un progrès moral équivalent. C'est là que se situe le mal... Nous n'avons malheureusement pas encore touché le fond... Il faut veiller, mon cher Max. il faut veiller sur ce qui reste des valeurs de notre pauvre France. Cette France qui fut jadis un phare pour le Monde, est qui est aujourd'hui vouée à être dissoute dans les remous glauques de la pensée unique et de la mondialisation... Vos oncles, maîtres de ces lieux, on su garder ces valeurs. Mais voici que l'heure s'avance... Ils comptent maintenant sur vous pour prendre le relais. Moi aussi, je compte sur vous.

Ces paroles, pourtant dites sur un ton plein de bienveillance, sont empreintes d'une telle intensité que Max se trouve incapable de répondre quoi que ce soit.

Il se retourne et découvre ses oncles debouts, figés près de la table. Le Léonard sourcille à ras de son bonnet de nuit... Et au coin de l'œil d'éléphant du Barnabé, une petite perle s'échappe et se perd dans les méandres inexplorés de ses rides.

*

Les voyageurs ont avalé un petit déjeuner pour le moins consistant. Une omelette au lard et des croûtes au fromages en ont assuré le double plat de résistance.

- Vous comprenez, a expliqué le Barnabé, si, par un temps pareil, on part le ventre vide, on ne va pas loin…

Le chasse-neige est monté de la vallée. Il a ouvert la route en effectuant dans la cour un demi-tour permettant de déblayer cette dernière au passage.

Le Léonard a été délégué pour porter au conducteur la traditionnelle bouteille de vin, afin de remercier mieux qu'avec des mots, et d'entretenir de bonnes relations entre contribuables et employés communaux.

La voix est libre. Les estomacs sont garnis. Les voyageurs peuvent repartir.

Le soleil illumine les crêtes sapineuses toutes scintillantes dans le ciel bleu.

Pendant qu'on les selle, les chevaux soufflent des nuages de vapeurs qui se condensent dans la froideur de l'air.

Puis on se retrouve tous, une dernière fois autour du feu, où les cavaliers sont venus reprendre possession de leurs pèlerines bien sèches.

- Vous allez reprendre votre voyage en paix, assure le Léonard. Le temps se remet. Ca va repartir au beau...

- Quand vous serez à Chézery, recommande le Barnabé, dites une prière pour nous à Saint Roland.

- Ce sera fait, promettent ensemble Louis et l'abbé Merrat.

- Je l'aime bien, Saint Roland… Ajoute le Barnabé. N'oubliez pas de passer par sa fontaine. L'eau est très bonne. Quand j'étais petit, elle m'a guérie d'une maladie des yeux que le docteur ne savait pas soigner.

- Ah bon ?… fait Max, incrédule.

Les voyageurs, quant à eux, accueillent la révélation du Barnabé sans étonnement apparent.

- Comment vous remercier ? demande Jean d'Alembert.

Le Barnabé répond sans hésiter.

- Si monsieur l'Abbé veut bien nous donner sa bénédiction, nous lui en serions très obligés…

Le jeune prêtre se tourne vers Max avec un sourire faussement fataliste.

- Tu vois, je t'ai bien dit qu'un curé est de service vingt-quatre heures sur vingt-quatre.

Il se passe alors quelque chose d'aussi inattendu qu'émouvant.

Voilà le vieux Barnabé qui s'agenouille respectueusement au milieu de la cuisine, aussitôt imité par le Léonard, puis par Louis et monsieur d'Alembert.

Max, pris de court, s'agenouille lui aussi, et incline humblement la tête, comme les autres.

Le prêtre trace au-dessus d'eux le signe de la Croix en récitant en latin la formule de bénédiction.

Tout le monde se signe avec ferveur.

Max aussi.

*

Les adieux sont simples et sobres, sans épanchements.

Avant de remonter en selle, Louis a dit à Max :
- Soyez fort. Nos routes se rencontreront à nouveau. Rien n'est hasard... Ni en ce bas monde, ni dans l'autre.

Revêtus de leurs capes-pèlerines, les cavaliers se ressemblent et le prêtre se fond parmi eux.

C'est Jean qui donne le signal du départ en poussant doucement sa monture au pas... un pas que lui emboîtent tranquillement ses compagnons.

Les trois silhouettes s'éloignent entre les bourrelets de la route, noires dans la lumière de la neige et du ciel. Dans la cour, trois autres silhouettes immobiles les regardent s'éloigner.

Au moment où ils sont sur le point de disparaître là-bas, derrière le premier tournant du décors blanc et silencieux, les chevaux s'arrêtent et se retournent.

Tous les cavaliers lèvent le bras pour adresser un dernier salut à leurs hôtes.

Sans dire un mot, le Barnabé, le Léonard et Max répondent de la même façon.

C'est fini.

Là-bas, les voyageurs ont repris leur route et se sont évanouis dans l'immense blancheur piquetée de sapins surchargés de neige.
- Ils sont repartis comme ils sont arrivés... murmure le Barnabé.
- Oui, ajoute le Léonard. Ils arrivaient du passé, et ils y sont retournés...

- Tu as raison, Léo… C'étaient des gens d'un autre temps… D'ailleurs, maintenant qu'ils ne sont plus là, je me demande s'ils sont réellement venus.
- C'est vrai, fait doucement Max, sans lever son regard perdu à l'horizon… Moi aussi, ça me fait tout drôle… j'ai l'impression d'avoir rêvé.

La mains calleuse du Barnabé entraîne doucement le jeune garçon par l'épaule.
- Rentrons… il fait froid.

*

Dans la cuisine, ça sent bon l'écorce du bois qui brûle dans le fourneau.

Max s'arrête devant la vieille horloge. Il contemple la balancier qui poursuit paisiblement son inlassable va et vient.
- Louis, il avait l'air de la trouver belle, l'horloge, tout à l'heure…
- Oui, en effet… Se souvient le Barnabé.
- Moi aussi, je la trouve belle…
- C'est un point commun de plus entre vous…
- Ah ?… parce que j'ai d'autres points communs avec lui, d'après toi ?
- Evidemment, murmure l'oncle… Vous n'êtes ni l'un ni l'autre dans un monde qui vous convient… Et l'un comme l'autre, vous chercher à échapper à son emprise. La différence réside simplement dans les moyens que vous utilisez : toi en fumant des pétards, lui en pèlerinant sur les pas des Saints.

- C'est vrai, admet Max. Sauf que des pétards, j'en fumerai plus jamais… Par contre, je veux bien que tu me racontes l'histoire de Saint Roland… Et aussi celle de Saint Claude…

Le Barnabé sourit.

- Bien volontiers… D'ailleurs, ces histoires n'ont de valeurs que pour ceux qui ont envie de les entendre. Pas pour ceux à qui on les impose.

Max ne répond pas. Il vient de remarquer un détail.

- Qu'est-ce que c'est que cette décoration ?… demande-t-il en désignant le disque du balancier orné de trois fleurs de lys stylisées et disposées en triangle.

- Ca ?… Oh, c'est un signe que les gens d'autrefois mettaient en évidence, soit sur leur cheminée, soit au fronton de leur porte, ou encore sur un meuble…

- Et pourquoi on mettait ce signe ?

- Pour rappeler qu'au royaume de France, le roi était partout chez lui.

Le Barnabé marque un temps, puis ajoute :

- Mais, tu sais, elle est vieille, cette horloge…

Max est perdu dans d'intenses réflexions.

Il finit par se tourner vers l'oncle Barnabé.

- Tout à l'heure, quand tu as dit à Louis « Vous êtes ici chez vous », il a répondu « Je sais », et il regardait justement le balancier.

- Crois-tu ?… fait le Léonard sceptique. Il aura répondu ça comme ça, à mon avis…

- C'est vrai, dit le Barnabé. J'ai remarqué aussi… D'autant plus que ce jeune homme s'est conduit

comme un vrai prince pendant tout le temps qu'il a été chez nous…
- Vous pensez que c'était le roi ?… demande Max.

Ses yeux brillants contrastent singulièrement avec ceux du Léonard, aussi expressifs que ceux d'une truite meunière.

Le Barnabé soupire.
- Peut-être… Pourquoi pas ?… Tout est possible. Et quelle importance, dans le fond ?… Puisque le royaume de France n'existe plus et que c'est la république qui règne… Cela ne doit rien changer pour celui qui garde la foi des Apôtres et des martyrs. Ne devons-nous pas préparer la venue du Royaume Eternel ?… Un royaume dont le roi ne sera pas élu au suffrage universel pour un mandat renouvelable… Alors, n'est-il pas dérisoire d'aller se passionner pour des débats politiques qui, finalement, évitent tous la vraie question que Jésus pose à l'homme : Aimes-tu Dieu de toute ton âme, et ton prochain comme toi-même ?…

*

- Bon, c'est pas le tout, dit le Léonard. Faut que j'aille m'occuper de mes bestioles, moi.
- Je viens avec toi, dit Max.
- C'est très gentil, apprécie le Léonard… Mais si tu veux aller faire un tour en raquettes sur la neige, ou autre chose de ton choix, tu peux…

- Non, insiste Max. je préfère aller avec toi. On va soigner tes bestioles. J'aurai bien le temps d'aller faire un tour en raquettes après…

IX

Max aime bien la grange-laboratoire.

Il n'y fait pas très chaud… Pas très froid non plus, à cause des aménagements et des isolations effectués par les oncles.

- A cette période, explique le Léonard, beaucoup d'êtres vivants entrent en hibernation. On a donc moins de travail, mais il faut être très vigilant, car un animal tiré de son hibernation au milieu de l'hiver peut se trouver en danger de mort.

Max se rend compte que les différents élevages de toutes ces petites bêtes demandent bien plus de connaissances que les poules, les chèvres et même les chevaux, pour lesquels nourriture et abri corrects constituent les principales exigences.

- Finies, les chasses nocturnes, tonton… Ca ne va pas trop te manquer ?

- Comment ça ?… Et pourquoi seraient-elles finies ?

- Au moins jusqu'au printemps, non ?… Je suppose que pour les papillons, la neige n'est pas très recommandée…

- Tu rigoles…

- Non. Il me semble que c'est logique…
- Pour la plupart des espèces, oui. Et en particulier les papillons de jour… Mais certaines attendent justement la neige pour éclore. Et s'il ne fait pas assez froid, la chrysalide est capable d'attendre une année de plus, dans son cocon, le coup de gel assez fort pour déclencher l'éclosion… Eh oui, mon p'tit gars !… Evidemment, ce ne sont pas les ignorants de niveau bac plus une brassée qui vont t'enseigner ça… Eux qui pensent détenir un savoir parce qu'il savent pianoter sur un ordinateur, mais qui croient que la sauterelle est la femelle du criquet, et que le hibou est le mâle de la chouette.

Le Léonard hausse des épaules fatalistes.

- Les papillons dont je te parle sont nocturnes et de petite taille. Ils n'intéressent personne, parce que personne ne les voit.
- A part des gens comme toi, rectifie gentiment Max.
- Moi, c'est pas pareil, soupire le Léonard. J'aime tellement le monde des papillons… C'est un monde qui échappe à tant de gens… Pourtant, je ne suis pas loin de croire que le bon Dieu a mis les papillons dans sa Création juste pour faire joli… Comme l'ingénieur qui a mis au point une belle machine et qui ajoute une touche de couleur, pas pour qu'elle marche mieux, mais simplement pour qu'elle soit plus agréable à regarder.

Le Léonard rêvasse un instant. Max aussi….

Puis l'oncle revient à des choses plus matérielles.

- Ce soir, il faudra mettre le piège lumineux en action. C'est à cette époque qu'on peut capturer certains papillons rares, juste après le premier coup de froid sérieux de l'hiver, pour les raisons que je viens de t'expliquer…

*

A l'approche du soir, le ciel est resté découvert. Le coucher de soleil est grandiose, sur la montagne.

La nuit s'annonce froide.

La neige, qui a quelque peu fondue pendant la journée se croûte maintenant en surface sous l'effet du gel.

Et c'est directement sur la neige que le Léonard installe son drap.

La lampe est allumée a la tombée de la nuit.

Max, maintenant initié, sait capturer correctement un papillon échoué sur un drap. C'est pour cela que vers la fin du souper, il se lève, enfile une veste, et annonce :

- Je vais voir ce qu'il y a au piège.

Le Léonard lui désigne les lunettes de ski, sur l'autre bout de la table.

- Protèges tes yeux, mon p'tit gars.

Le jeune élève obtempère, et sort, Léonardesquement équipé.

Les oncles se regardent en souriant.

- Et bin dis donc… commente le Barnabé. Le voilà-t-y pas pris par le virus, lui aussi, à c't'heure ?…

T'as vu comme ça le mène, la chasse aux papillons ?

*

Max n'est pas longtemps absent. Le voilà qui revient déjà, en prenant bien soin de fermer la porte, à cause du froid.

- Alors ? demande le Léonard.

Max tend un bocal à son oncle.

- Il fait vraiment très froid... Il n'y avait que ça, sur le drap. Je l'ai pris pour te le monter, mais je ne pense pas que ce soit bien intéressant... C'est sans doute un micro-lépidoptère.

Le Léonard prend le bocal avec un respectueux hochement de tête, pour saluer l'emploi d'un terme qui montre que le neveu profite bien de ses leçons.

Il essuie la buée sur le verre et examine l'insecte prisonnier en contorsionnant le nez et les sourcils sous l'effet de la concentration.

- Euh... En effet, c'est bien un petit truc sans inter... eh ?!!...

Le visage du Léonard a changé d'expression. Sans cesser de fixer l'insecte, il cherche à tâtons ses lunettes dans la poche de sa chemise, en chausse son nez, et poursuit son examen avec une attention redoublée.

- Passe moi une feuille de papier... de celles qui sont sur le buffet.

Le jeune garçon s'exécute. Le Léonard repousse son assiette, donne un coup de revers de manche sur la table, pose la feuille de papier devant lui, ouvre le bocal, et fait délicatement tomber sur le rectangle blanc le petit papillon tué par le poison.

Il se penche avec gravité… Examine soigneusement…

- Regarde…

Max vient par dessus l'épaule de son oncle.

- Tu vois comme il est bizarre ?…

- Oui… On dirait que ses ailes sont chiffonnées.

- Tout à fait… Sauf qu'elles ne sont pas chiffonnées, en réalité. Regarde… Elles sont plutôt torsadées, comme un parapluie fermé qu'on veut glisser dans son fourreau… C'est la position normale des ailes au repos.

- C'est marrant, dit Max intéressé.

Le Léonard est grave.

- Si je ne me trompe pas, nous sommes en présence d'un papillon très rare.

- C'est vrai ? ! ?…

- Oui… Mais pour être vraiment sûr, il faut l'étaler… On va y aller avec précaution, car à mon avis, c'est pulchella…

- Pulchella ?

- Oui. C'est le nom latin. En français, il s'appelle « la gentille »…

*

Sous les doigts experts du Léonard, la capture de Max est étalée, ailes ouvertes, savamment maintenues par les épingles et le papier spécial.

Max est émerveillé.

Quant au tonton entomologiste, il a eu de la peine à garder le calme nécessité par la délicate opération.

L'insecte anodin de tout à l'heure dévoile maintenant une splendide robe. Ses ailes supérieures, minces et allongées, présentent un très beau jaune pâle piqueté de rouge et de noir. Le contraste est saisissant avec les ailes inférieures, plus courtes et plus larges, qui arborent un magnifique blanc bleuté…

Le petit papillon est vraiment une splendeur.

Max ne se lasse pas de l'admirer pendant que le Léonard feuillette ses bouquins. Soudain, il tombe en arrêt sur une page.

- Ca y est. Le voilà. Regarde, c'est bien pulchella.

On compare.

- Bravo tonton, félicite admirativement Max. Tu as mis en plein dans le mille.

Le Léonard joue les modestes, mais il est très content de lui quand même.

- Boh… C'est normal… On commence quand même à connaître un peu le domaine…

- Tu l'as dans ta collection ?

- Hé non… C'est le premier qui est capturé ici.

Le jeune est tout excité.

Il examine « son » papillon en regardant de plus près l'illustration du bouquin. Il fronce les sourcils.

- Dis, tonton… Il me semble bien que ce n'est pas tout à fait le même que dans le livre…

- Ah bon ?…

- Oui… Regarde… Sur le papillon du livre, les ailes inférieures sont bordées de noir. Sur le nôtre non. Par contre, elles ont deux petits points.
- C'est ma foi vrai, admet le Léonard. T'es un bon observateur, mon p'tit gars… C'est marrant, ça ne saute pas aux yeux, mais la différence est très nette…
- C'est peut-être la différence normale entre un mâle et une femelle ?
- Non. Tu as capturé un mâle. Et sur le bouquin, c'est aussi un mâle.
- Tu crois qu'on a trouvé une nouvelle espèce ? !
- Une nouvelle espèce, peut-être pas… En tout cas, c'est quelque chose de pas banal… Le bouquin ne donne pas d'avantage d'indications, et moi, je n'en sais pas assez long sur le sujet.

*

Le lendemain, au petit déjeuner, on ne parle que du papillon. A croire que le Léonard n'en a pas dormi de la nuit.
- Cette histoire n'est pas claire, dit-il. Je suis sûr que nous avons découvert quelque chose d'intéressant.
- Vraiment ?… Fait Max, enthousiaste.
- Tu sais, intervient le Barnabé, il y a des régions, sur la Terre, où vivent des espèces animales qui n'ont encore jamais été identifiées.
- Je sais, dit le Léonard… C'est pour ça que je vais descendre au village pour téléphoner au savant qui

était venu chasser les papillons par ici, l'été dernier, tu te rappelles ?... Ca devait être un professeur où quelque chose comme ça, parce que j'ai pu constater, en discutant avec lui, qu'il en savait drôlement long sur les lépidoptères. D'ailleurs, il m'avait laissé sa carte. Je l'ai retrouvée cette nuit.

Le Léonard montre une petite carte de visite :

Philippe Lentenois

Entomologiste

07 150 Lagorce

Un numéro de téléphone complète l'adresse.

- Ca me paraît une bonne chose, approuve le Barnabé. Au moins, ça dissipera les doutes... Et pis en même temps, tu en profiteras pour faire les courses.

*

Le Léonard sort la deux-chevaux.

Max a si bien pris à cœur cette histoire de papillon, qu'il a insisté pour accompagner son oncle jusqu'au village, pour téléphoner à la cabine.

Le voyage lui permet de constater que le style de conduite du tonton n'est pas tout à fait le même que celui de Fangio, et pas seulement à cause du véhicule. Par bonheur, on ne croise personne.

*

Le Léonard explique tout à son correspondant ardéchois. A l'autre bout du fil, l'entomologiste écoute avec attention, sans interrompre. A la fin, il pose quelques questions bien précises.

Puis il déclare :

- Je vous suis infiniment reconnaissant de m'avoir informé. Pulchella m'intéresse particulièrement. Il se trouve que je suis justement en train de rédiger la synthèse d'un long travail de recherche à son sujet. Est-ce que je peux faire un saut dans le Jura pour vous voir, ainsi que le spécimen ?...

- Oui, bien sûr. Quand ?

- Bon. Disons, demain matin je suis chez vous. Je me souviens parfaitement du chemin.

*

Le Léonard est heureux.

Max est impressionné. Un savant qui fait exprès plusieurs centaines dc kilomètres pour examiner un insecte et rencontrer son oncle !... Il tarde au jeune garçon d'être au lendemain.

Sans doute autant qu'à son oncle.

*

Philippe Lentenois est un entomologiste réputé, mais c'est avant tout un personnage d'une grande simplicité.

Max est conquis d'emblée par ce grand gaillard sans âge, passionné autant que passionnant.

Le Léonard est ému de le recevoir.

- Ah… Monsieur Lentenois… Je me suis régalé de vos articles sur les lépidoptères, sur les différentes revues auxquelles je suis abonné. Et je vous remercie d'être venu si vite. Venez vous asseoir.
- C'est moi qui vous remercie, rectifie le savant en s'installant à la grosse table de la cuisine. Vous savez, cher confrère, si vous êtes heureux de me lire, je suis moi-même très redevable aux observateurs comme vous, qui me signalent des choses intéressantes, et qui m'aident à avancer dans les travaux que je mène sur les insectes…
- Vous prendrez bien quelque chose ?…
- Après, si vous le voulez bien… Voyons d'abord le papillon.

Le Léonard ne se le fait pas dire deux fois. Il apporte l'insecte sur l'étaloir. L'entomologiste l'examine en silence, avec attention.
- Je vous félicite, cher confrère… Vous étalez bien.

Puis il sort une loupe de sa poche et entreprend un examen plus minutieux. Autour de la table, chacun retient son souffle , même le Barnabé.

Penché sur sa loupe, le savant murmure.
- C'est extraordinaire… Ca alors !… C'est vraiment très intéressant.

Max trépigne d'impatience.

Le Léonard est aussi hermétique que sa calvitie.
- Où l'avez-vous trouvé ? demande monsieur Lentenois sans relever les yeux.
- Là, dans la cour, vers huit heures et demie du soir, le lendemain de la tempête de neige.
- Tiens, tiens…

L'examen se prolonge encore quelques instants, puis l'entomologiste pose sa loupe sur la table et déclare :
- Voilà quarante ans que j'étudie les papillons, et je n'ai encore jamais vu de spécimen comme celui-ci. C'est bel est bien pulchella, mais l'individu que nous avons sous les yeux présentent des particularités étranges, non seulement au niveau des ailes, mais aussi au niveau du thorax. Il serait bien entendu très intéressant d'effectuer des examens plus approfondis. Nous avons affaire à un cas d'aberration, et son étude en laboratoire pourrait nous apprendre des choses très intéressantes… On en sait relativement peu sur ce papillon. Il vient des régions méridionales et il migre à cette époque vers les pays du nord. C'est la première fois qu'on le signale dans le Jura…. Sa chenille se nourrit de borraginacées comme la bourrache, la pulmonaire ou même le myosotis…
- Pour l'analyser, vous allez devoir l'emmener avec vous, remarque le Léonard, pragmatique.
- Evidemment, répond le savant. Mais ce papillon vous appartient, et je ne puis en disposer.
- Vous plaisantez ?… Je vous le confie avec plaisir si…

Le Léonard se tourne vers Max.
- Si mon neveu est d'accord, bien entendu, car il ne faut pas oublier que c'est lui qui a fait la capture.
- Bien sûr que je suis d'accord !… s'écrie le jeune garçon avec enthousiasme. C'est tellement super de participer aux avancées de la science !…

- De toutes façons, je compte bien vous restituer le papillon après analyse. Il est évident qu'une rareté comme celle-ci doit être conservée précieusement. Les prélèvements que nous allons effectuer sur lui serons donc très limités, et nous ne l'abîmerons pas.

Le papillon est soigneusement emballé.

Avant de repartir, le savant partage le repas de ses nouveaux amis.

C'est un moment inoubliable. Philippe Lentenois se révèle un conteur merveilleux. Il évoque ses chasses aux insectes, et ses auditeurs sont transportés dans la jungle du Honduras, aux prairies du Texas, en passant par le désert du Sahara et les glaciers des Alpes.

Max l'écoute avec émerveillement.

Et il se dit que l'étude des insectes permet d'accéder à une foule de choses plus intéressantes les unes que les autres.

Au moment des adieux, monsieur Lentenois dit à Max :

- Viens donc passer quelques jours chez moi, en Ardèche… Tâche de décider tes oncles pour qu'ils viennent avec toi. Tu verras, outre les insectes, il y a aussi les grottes, les fossiles, les minéraux...

Et le savant est parti, en promettant de faire part du résultat de ses recherches.

Max est sur un nuage. En deux semaines, chez ses oncles, il en a vu plus que pendant toute sa vie.

*

Une qui n'en revient pas, c'est la maman de Max, lorsqu'elle revient chercher son fils. Elle le trouve si transformé qu'elle n'en croit pas ses yeux ni ses oreilles.

Le garçon revêche et renfermé est devenu un petit gars souriant et aimable, qui l'embrasse affectueusement lorsqu'elle descend de voiture.

Elle est surprise, mais très heureuse, car elle ne savait pas dans quel état physique et mental elle allait récupérer son Maxime, après deux semaines au contact de ses deux sauvages de frères.

Il est en pleine forme. Epanoui.

- Tu sais, maman, je voudrais bien rester ici avec les tontons, mais il faut que je retourne avec toi.

- Ah bon ?… fait la mère qui tombe des nues.

- Oui. Je vais bosser pour passer mon bac scientifique. Et puis après, je ferai une fac de biologie, pour me consacrer sérieusement à la Création.

- Tu parles sérieusement ?

- Bien sûr qu'il est sérieux, atteste le Léonard.

- Et pis il a intérêt à tenir parole, ajoute le Barnabé. Parce qu'autrement, on ne le veux plus chez nous !…

- Ah non !… Pas ça !… S'écrie Max en riant. J'aurai quinze jours de vacances à Noël… le temps va me sembler long, jusque là, sans vous…

- Et bin t'as qu'à revenir en vékande, tranche le Barnabé. Lyon, c'est pas si loin, après tout.

- Non, admet Max, c'est pas loin... Mais j'ai pourtant l'impression que ce n'est pas la même planète qu'ici.

Le Barnabé lisse sa moustache. Son œil d'éléphant cligne.

- Ca, c'est pas de ta faute ni de la nôtre. C'est vrai que, pour celui qui peut faire avec, c'est bien... Pour celui qui peut faire sans, c'est mieux. Cela dit, quand tu seras de retour, là-bas chez les électrifiés, tu penseras à nous... Parce que tu vois, mon p'tit gars, toi aussi, tu vas nous manquer...

L'impression et le façonnage ont été réalisés
à l'Imprimerie LUSSAUD - 85200 Fontenay-le-Comte

Dépôt légal 4e trimestre 2001 - n° 3413 – N° d'impression : 202 288